KB079567

매일 쓸 것

뭐라도 쓸 것

금정연
일기 日記

마치 세상이 나를 좋아하기라도 하는 것처럼.

서문

그들의 하루를 나의 하루에
겹쳐 볼 수 있어서 무척 좋았다고

나는 늘 남의 일기 읽는 걸 좋아했다. 이유가 뭐냐고? 언젠가 라이너스를 왜 그렇게 좋아하냐는 질문을 받자 샐리 브라운은 이렇게 대답했다. 누군가를 싫어하는 이유를 물어보는 건 괜찮지만 누군가를 좋아하는 이유를 물어보는 건 안 된다고. 왜냐하면 답하기 더 어려운 질문이라서다(내가 〈피너츠〉에서 가장 좋아하는 순간 중 하나다).

그래도 굳이 이유를 찾자면, 흔히 생각하듯 그 사람의 숨겨진 내면을 엿보는 것 같아서는 아니고, 반대로 숨겨진 내면 같은 건 없다는 걸 보여 주는 것 같아서? 내가 일기 쓰기를 좋아하게 된 건 훨씬 나중의 일이다. 나는 아이와 함께 살게 된 이후에야 일기를 쓰기 시작했는데, 내게도 내면 같은 건 없고 설령 있더라도 그런 건 전혀 중요하지 않다는 사실을 받아들이기 위해 딱 그만큼의 시간이 필요했던 모양이다.

　한동안 일기만 읽고 일기만 쓰고 싶다고 생각하던 시기도 있었다. 마침 그때 《고교독서평설》에서 새로운 연재를 제안했다. 나는 고민 끝에 아무리 생각해도 일기밖에 쓸 게 없다고 말했다. 완곡한 거절이었던 셈이다. 하지만 돌아온 대답은 내 예상과 달랐고, 결국 한 달에 한 번 일기를 공개하게 되었다. 그 것도 2년 동안이나, 부끄러운 줄도 모르고…

　매달 초 나는 내가 지난달에 쓴 일기(그때그때 다르지만 대충 원고지 800매에서 1,500매 사이)를 훑어보며 흥미롭게 느껴지는 부분들을 골랐다. 그렇게 200~300매 내외의 일기를 추린 다음, 그것을 다시 살피며 하나의 원고로 묶을 수 있을 만한 조각들을 엮어 25매 내외의 원고를 만들었고, 여기에 같은 달에 남이 쓴 일기의 일부를 넣었다(내 생일이 있던 달만 제외하고, 그때 나는 다른 작가들이 자기 생일에 쓴 일기를 찾아 인용했다). 짜잔, 완성!

　어떻게 매달 다른 작가들의 일기를 인용하겠다는 멋진 생각을 해냈는지 나도 모르겠다. 마감의 힘이라고 해야 하나. 벼랑 끝에 선 작가들은 평소에는 하지 않는 생각들을 해내곤 하고(늘 그런 건 아님) 그건 나도 마찬가지다. 한마디로, 운이 좋았다. 나는 다만 내가 그런 생각을 떠올릴 수 있어서 너무 다행이라고, 좋아하는 작가들의 일기를 나의 일기에ー더불어 그들의

하루를 나의 하루에 겹쳐 볼 수 있어서 무척 좋았다고 말하고
싶다.

　지금도 아주 좋다.

　감사하고 싶은 사람이 너무 많다. 내 일상의 시간들을 함
께해 주고 일기에도 출연해 준 가족들과 친구들, 일기를 쓰고
그것을 책으로 남겨 준 작가들, 매번 마감에 늦는 필자를 커다
란 인내심으로 기다려 준 《고교독서평설》 담당 선생님들, 그리
고 멋진 책을 만들어 준 양선화 편집자 선생님에게 감사를 전
한다. 당신에게도.

2024년 봄, 금정연

차례

겨울.

Winter

일기?
그거야 시간문제지

백 미터만 앞으로
나아갑시다

○ 11월 9일 화요일

'일기를 읽으며 쓰는 일기'를 연재하지 않겠느냐는 친절한 제안을 받았다. 물론 나는 수락했다. 구체적인 계획은 없었다. 그게 더 낫다.

○ 11월 11일 목요일

일기가 너무 많다. 나는 마흔한 살이고, 10년이 넘도록 서평가라는 이름으로 뜨뜻미지근한 문필 활동을 이어 오고 있다. 언젠가부터 서평을 잘 쓰지 않지만 달리 부를 이름이 없어 마지못해 부르는 이름이다. 차라리 일기 작가라고 불린다면 더 좋을 텐데.

처음 일기를 쓴 건 하루하루가 어떻게 지나갔는지 알 수 없어서였다. 흔적 없이 사라진 하루들이 쌓여서 일주일이 되고 한 달이 됐다. 계절이 바뀌고 나이를 먹었다. 인쇄가 잘못된 책처럼 인생의 페이지가 듬성듬성 비어 버린 기분이었다. 그 사이로 서늘한 바람이 불었다. 나는 생각했다. 일기를 쓰자, 기억을 기록으로 바꾸자, 기록이 다시 기억이 될 수 있도록.

사실 처음엔 일지였다. 일기라는 이름에는 어쩐지 낯간지러운 구석이 있다. 나는 이러쿵저러쿵 개똥 같은 내 생각을 늘어놓기보다는 있었던 일들을 건조하게 나열하는 일지를 쓰는 게 좋겠다고 생각했다. 그런데 아이가 태어나고부터 일지 아닌 일기를 쓰기 시작했다. 여전히 일기라는 말은 조금 간질간질하고 내 생각은 개똥 같지만, 이제 그런 것들이 예전만큼 중요하게 느껴지진 않는다.

요즘 내가 쓰는 일기는 네 가지다. 사거나 읽거나 잃어버린 책들에 대해서(독서 일기), 아직 세 돌이 되지 않은 아가와 함께 생활하며 보고 듣고 느낀 것들에 대해서(육아 일기), 새로 샀거나 사고 싶은 오디오 기기와 레코드에 대해서(오디오 일기), 딱히 분류할 수 없는 일상의 소소한 사건들과 아무에게도 보여 줄 수 없는 어둡고 축축한 마음의 바닥에 대해서(unabridged diary)….

거기에 더해 또 하나의 일기를 쓰겠다고 연재 제안을 수락한 건 내게 자신감이 있었기 때문이다. '일기를 읽으며 쓰는 일기', 줄여서 '일기-일기', 혹은 '일일기기'나 '일2기2'라고 해도 좋고, 아니면 '더블 다이어리'(약자는 DD)? '일기, 그거야 시간문제지!'라고 생각했다. 물론 세상 대부분의 일들이 시간문제이긴 하다.

시간과 관련된 가장 큰 문제는 시간이 없다는 거다. 그리고 내게는 시간이 없다. 일기만 쓰기에도 하루가 부족하다.

○ 11월 15일 월요일

돈이 많은 사람이 그렇지 않은 사람을 이해하지 못하는 것처럼, 시간이 많거나 많다고 믿는 사람은 그렇지 않은 사람을 이해하지 못하는 것 같다. 언제 한번 얼굴이나 보자는 친구에게 난 시간이 없다고 대꾸하면 대부분 뭐가 그렇게 바쁘냐고 되묻는데, 거기서 이미 틀렸다.

바쁜 것과 시간이 없는 건 다르다. 말하자면 바쁜 게 "아, 이번 달엔 옷도 사고 노트북도 사고 여행도 다녀와서 돈이 없네!" 같은 느낌이라면, 시간이 없는 건 "응… 돈 없어… 글쎄, 딱히 뭘 사지는 않았는데… 하, 모르겠다…" 같은 느낌이랄까?

　돈이 많지 않은 사람들이 비싸진 않지만 딱히 필요하지도 않은 물건들을 사며 얼마 있지 않은 돈을 낭비하듯, 시간이 많지 않은 사람들은 트위터를 하거나 유튜브를 보거나 살 수도 없는 물건들을 검색하면서 얼마 있지 않은 시간을 낭비한다. 오늘 내가 트위터 피드를 끊임없이 새로고침하고, 유튜브에서 진공관 앰프 리뷰를 찾아보고, 온라인 서점과 레코드점을 뒤지면서 당장 살 돈도 없는 책과 레코드 들을 장바구니에 꾸역꾸역 담으며 하루를 보낸 것처럼.

○ 11월 19일 금요일

　문제는 책이고 음반이고 영화다. 닉 혼비의 소설 『하이 피델리티』(책)를 각색한 〈사랑도 리콜이 되나요?〉(영화)에서 '챔피언십 바이닐'이라는 이름의 레코드점(음반)을 운영하는 로브는 말한다. 정말 중요한 건 당신이 어떤 사람이냐가 아니라 당신이 무엇을 좋아하느냐다. 책들, 음반들, 영화들—이런 것들이 중요하다("These things matter"). 날 얄팍하다고 해도 좋다, 하지만 이것이 빌어먹을 진실이다, 블라블라블라….

물론 책과 음반과 영화는 중요하다. 하지만 로브의 말처럼 취향으로 사람을 판단할 수 있어서는 아니다. 반대로 그것들이 중요한 이유는 취향이야 어쨌건 사람들이 책과 음반과 영화에 끌린다는 사실 그 자체에 있다. 책과 음반과 영화는 모두 시간과 뗄 수 없는 관계를 맺고 있다. 시간 속에 각각 단어를 배열하고 음표를 배열하며 이미지와 사운드를 배열한다. 물론 우리 또한 오직 시간 속에 존재한다. 우리는 책과 음악과 영화가 요구하는 시간을 정확히 우리의 인생에서 내어 준 다음에야 그것들을 즐길 수 있다.

따라서 책, 음악, 영화에 빠지는 것은 쇼핑 중독과 비슷한 구석이 있다. 도서관에서, 유튜브에서, 친구에게 아이디를 빌려 접속한 넷플릭스에서 그것들을 공짜로 즐긴다고 해도 마찬가지다. 나아가 거기엔 죽음에 대한 어떤 종류의 매혹이 있는데, 프로이트라면 '죽음충동'이라고 불렀을 그것은….

아니, 그냥 이렇게 말하는 게 좋겠다.

우리는 종종 할 일이 쌓였는데도 일과 상관없는 책을 읽고 음악을 듣고 영화나 드라마를 보며 시간을 낭비한다. 또 우리는 종종 갚아야 할 돈이 있고 그 밖에 돈이 나갈 구석이 한두 군데가 아닐 때도 비싸고 쓸모없는 물건을 충동적으로 구입하며 돈을 탕진한다. 그러면서 종종 죽음에 대해 생각한다.

혹은 이렇게 말할 수도 있다. 나는 책을 읽고 쓰는 직업을 가졌지만 그것만으로는 부족하다는 듯이 영화 시나리오를 썼고 영화는 망했다. 최근에는 오디오에 빠져 지나치게 많은 돈을 쓰고 있으며 종종(실은 자주) 죽음에 대해 생각한다. 삶도 죽음도 모두 자본주의의 논리 속에 갇혀 옴짝달싹하지 못하는 셈이다….

○ 11월 23일 화요일

1974년 11월 말, 독일의 영화감독 베르너 헤어초크는 파리에 있는 친구에게서 전화를 받았다. '뉴 저먼 시네마(New German Cinema)'의 대모이자 위대한 영화 평론가 로테 아이스너가 병세가 위중하여 곧 죽을 것 같다고 했다. 그럴 수 없다, 지금은 안 된다, 이 시점에 독일 영화계가 그녀를 잃을 수는 없으며 우리는 그 죽음을 허락해서는 안 된다, 라고 헤어초크는 말했다. 재킷과 나침반, 그 외에 필요한 물품을 더플백에 챙긴 헤어초크는 자신이 걸어서 가면 그녀가 살아 있을 거라는 확신을 품고, 파리로 향하는 최단 거리의 도로를 걷기 시작했다. 11월 23일에서 12월 14일까지, 그는 아무 데서나 잠을 자고 제대로 씻지도 않고 물조차 마시지 못한 채 미친 사람처럼 걸었다. 눈과 비와 진눈깨비와 우박이 번갈아 내리는 궂은 날씨 속을 홀로 걷던 그는 마침내 파리의 어느 병원에서 살아 있는 아이스너를 만났다. 죽도록 지친 목소리로 헤어초크는 그녀에게 말했다.

"창문을 열어 주세요, 며칠 전부터 저는 날 수 있게 되었답니다."

이 이야기가 이토록 감동적으로 느껴지는 이유가 뭘까? 내 생각에, 여기에는 어떤 종류의 희생이 있기 때문이다. 단순히 육체를 혹사해서가 아니다. 그가 걷기를 선택한 이유는, 비행기를 타면 몇 시간 만에 갈 수 있고 차를 타도 반나절이 채 걸리지 않는 거리를 최대한 많은 시간을 들여 지나가기 위해서다. 그럼으로써 헤어초크는 자기 인생의 3주를 온전히 아이스너를 위해 쓴 것이다. 소비나 탕진이 아닌 새로운 방식으로. 이는 또한 치료나 간병 같은 실질적인 도움도 아니기에, 그 시간은 교환의 논리 바깥에 존재하여 자본주의에 포섭되지 않는 시간이다.

○ 12월 5일 일요일

아침부터 피곤했다. 다 같이 산책 가기로 했는데 내내 뭉

그적거리다 해가 지고 난 다음에야 집에서 나왔다. 전날과 같은 코스로 걷기 시작했다. 왕복 한 시간이 조금 넘는 거리였다. 어제는 아가가 한참 가다가 엄마, 아빠를 보면서 "산책 가자" 해서, 이렇게 같이 돌아다니는 게 산책이라고 말해 줬다. 오늘은 또 한참 가다가 엄마, 아빠를 보면서 "저기 큰길에 가면 산책이 있을 거야" 했다. 틀린 말은 아니었다. 너무 춥진 않나, 멀진 않나, 지루하진 않나 싶어서 "집에 갈래? 계속 갈까?" 물었더니 아가가 말했다.

"응, 끝까지 갈 거야."

그래서 우리는 그렇게 했다.

○ 12월 9일 목요일

그게 다야. 쓴다는 게 겁나. 날 겁나게 하는 그런 것들이 있어. 평생 동안 수많은 책을 썼던 마르그리트 뒤라스는 죽기 1년 전에 발표한 마지막 작품에서 그렇게 말했다. 그리고 다시 얼마 뒤에 그녀는 쓴다.

돈 걱정을 해서는 안 돼요.
이게 다예요.

이젠 더 할 말이 아무것도 없어요.

한 마디도.

할 말이 아무것도 없어요.

백 미터만 앞으로 더 나아갑시다.

이 일기를 적으며 읽은 일기들의 목록

- 베르너 헤어초크, 『얼음 속을 걷다』 안상원 옮김, 밤의책, 2021
- 마르그리트 뒤라스, 『이게 다예요』 고종석 옮김, 문학동네, 2009

매닉스 LP를 샀다,
그리고 많은 것이 달라졌다

크리스마스이브?
그런데 내 전 재산은

○ 12월 12일 일요일

　우려했던 모든 일이 일어났고 심지어 그보다 더 나쁘게 일어났다. 모든 것은 몇 달 전, 문보영 시인에게서 접어 들고 다닐 수 있는 가방형 턴테이블을 선물받으면서 시작되었다. 그건 선물의 완벽한 정의와도 같았다. 예쁘고 쓸데없다는 점이 특히….

　그때 내게는 LP가 한 장도 없었다. 살면서 그때까지 LP를 가져 본 적도 없다. 그래서 오히려 호기심이 생겼다. LP로 들으면 뭔가 다를까? 늘 듣던 음악도 새롭게 들릴까? 언제부턴가 음악은 내게 공기나 다름없는 것이 되었다. 음악이 없으면

숨을 쉴 수 없다는 말이 아니라, 아무 생각 없이 늘 듣던 음악을 습관적으로 듣는다는 의미에서 그랬다. 어쩌면 LP가 나와 음악의 무덤덤한 관계를 조금은 바꿔 줄지도 모르겠다고 생각했던 기억이 난다.

10월 1일, 시험 삼아 주문했던 매닉스트리트프리처스의 1993년 앨범 〈Gold Against Soul〉 LP가 도착했다. 그리고 정말 많은 것들이 달라졌다. 돌이킬 수 없을 정도로….

빙글빙글 돌아가는 검은 바이닐 위로 바늘이 움직이며 음악이 재생되는 모습을 보는 건 좋았다. CD나 스마트폰 속 이미지 파일로 보던 앨범 커버 사진을 커다란 사이즈로 보는 것도 좋았다. 가장 좋은 건 손에 쥐고 만질 수 있는 물리적인 형태로 음악이 존재한다는 사실. 그런데 정작 음질이 시원찮았다. 제임스 딘 브래드필드의 목소리는 풀 죽은 것처럼 들렸고 기타 소리는 나윤이 장난감에서 나는 소리 같았다. 아무래도 스피커가 붙어 있는 일체형 모델의 한계인 걸까?

그래서 나는 LP는 잊어버리고 편리한 스트리밍 서비스에 만족하는 대신, 새로운 턴테이블을 사기로 했다. 턴테이블을 선물받았는데 새로운 턴테이블을 산다고? 이때 뭔가 잘못되었다는 걸 눈치챘어야 한다. 하지만 깨달음은 언제나 나중에 온다. 그리고 그땐 이미 늦다.

처음엔 블루투스를 지원하는 턴테이블만 사면 될 줄 알았다. 작업실에 이미 블루투스 스피커가 있었으니까. 소리를 단단하게 해 준다는 대리석 스피커 받침과 턴테이블의 진동을 줄여서 음질을 높여 준다는 방진 매트는 그냥 겸사겸사 구입한 셈이었다. 여기까지는 좋았다. 충분히 합리적인 소비 같았다. 하지만 어느 순간 무선 연결로 인한 음질의 한계가 느껴졌다. 이왕 LP를 시작한 김에 진공관 앰프라는 것으로도 들어 보고 싶었다. 이러려고 돈 버는 거 아닌가? 나는 진공관 파워 앰프와 스피커와 스피커 스탠드를 샀다. 나쁘진 않았지만 여전히 뭔가 조금 아쉬웠다. 그래서 파워 앰프와 턴테이블 사이에 연결할 포노 앰프를 추가로 주문했다. 그러는 동안에도 사부작사부작 사들인 LP는 70장을 넘어가고 있었고….

지금까지 내 가계에서 절대적인 비중을 차지한 건 물론 책값이었다. 그런데 몇 달 만에 오디오 관련 지출이 책값의 자리를 위협하는가 싶더니 급기야 나까지 위협하기 시작했다. 8개월 무이자 할부가 쌓이고 쌓여서, 앞으로 8개월 동안은 숨만 쉬어도 매달 용돈이 카드값으로 빠져나갈 지경에 이른 것이다. 정신이 확 들었다. 카메라, 자동차와 더불어 패가망신하기 딱 좋은 취미 3대장이 바로 오디오라던데. 불안해진 나는 소파에 앉아 한참 동안 스마트폰을 들여다보다가, 나도 모르게 파워 앰프와 포노 앰프 사이에 연결할 프리 앰프를 주문해 버렸다. 직구로 구입한 포노 앰프가 아직 바다를 건너지도 않았는데!

언젠가 소설가 무라카미 류는 술을 많이 마시는 사람의 가장 큰 불안은 알코올중독자가 되면 어떡하나 하는 것이라고 썼다. 그리고 알코올중독자가 되면 어떡하나 하는 불안은 실제로 알코올중독자가 됨으로써 벗어날 수 있다나 뭐라나. 그렇다면 오디오로 패가망신하지 않을까 하는 불안도 오디오로 패가망신함으로써 벗어날 수 있을 테다. 나는 단지 불안에서 벗어나기 위해 프리 앰프를 주문했을 뿐이라는 말이다. 그렇다고 패가망신을 하고 싶다는 말은 아니지만….

○ 12월 14일 화요일

요나스 메카스는 1922년 크리스마스이브에 리투아니아에서 태어난 영화감독 겸 시인이다. 제2차 세계대전 중에 독일군에게 붙잡혀 강제수용소로 이송되지만 동생 아돌파스 메카스와 함께 탈출에 성공한다. 종전 이후 독일에서 대학을 졸업하고 뉴욕으로 간 메카스는 그곳에서 16mm 카메라로 일상의 모습을 기록하며 '일기 영화'라는 형식을 사실상 '발명'한다.

뉴욕의 아방가르드 영화 운동에도 깊이 관여한 메카스는 1954년 12월, 동생과 다른 동료들과 함께 잡지《필름 컬처(Film Culture)》를 창간한다. 곧 미국에서 가장 중요한 영화 출판물이 될 이 잡지는 시작부터 좌초할 위기에 처한다. 창간호를 찍은 인쇄소에 줄 돈이 없어 메카스가 고소당하기 일보 직전이었던 것이다. 메카스는 돈을 빌리기 위해 헨리 밀러를 찾아갔고, 언제나 화가 나 있는 것으로 악명 높은 소설가의 불평불만을 한참 들어 줘야 했다.

"요즘 사람들은 내 작품을 통 이해하지 못한다니까! 다들 헛똑똑이에 반 푼어치들뿐이고! 미국의 문화라는 것도 유럽에 비하면 75년은 뒤져 있다고! 75년!"

메카스의 일기를 읽으며 나는 모든 위대한 일에는 고난이 따르는 법이라고, 비록 전망은 어둡고 꽉 막혀 어디로도 움직이지 못할 것 같은 순간이라도 결코 포기해서는 안 된다는 생각을 하지는 않고, 대신 나도 유명한 작가에게 찾아가서 돈이나 빌려 볼까 생각했다. 누구를 찾아가지? 소설가 김훈? 좋아, 마침 일산에 있다는 그의 작업실을 찾아가서 이렇게 말하는 거다. 저… 돈이 좀 필요해서 왔는데요, 아니요, 그런 건 아니고, 그냥 제가 요즘 오디오에 좀 빠져서요, 8개월 무이자 할부를 너무 많이 하는 바람에….

드디어 포노 앰프가 왔다. 그런데 왜 생각만큼 기쁘지 않은 걸까? 생각해 보면 늘 그런 것 같다. 주문 버튼을 누른 순간부터 하루에도 몇 번씩 배송 조회를 하며 언제 오나 발을 동동 구르다가도 막상 오고 나면 이상하게 무덤덤해진다. 어쩌면 그건 물건을 사고 택배를 기다리는 일이 어떤 의미에선 로또를 사는 일과 비슷하기 때문인지도 모른다.

로또를 사는 건 단순히 숫자가 적힌 종이를 사는 게 아니다. 일종의 설렘을 사는 거라고 할까? 유효기간은 물론 당첨 번호가 발표되는 토요일이다. 대부분의 사람들은 로또를 사면서도 당첨될 거라는 기대를 그리 크게 하지는 않고, 따라서 당첨 결과를 확인하는 것 자체는 중요하지 않다. 실제로도 까먹고 있다가 지갑이나 주머니에서 우연히 로또를 발견하고 뒤늦게 번호를 맞춰 보는 경우가 더 많기도 하고.

온라인으로 물건을 사는 일도 비슷하다. 당연히 물건을 사는 거지만, 물건이 오기까지의 기다림을 함께 사는 것이기도 하다는 말이다. 특히 해외 직구처럼 배송이 오래 걸리는 경우는 더욱 그렇다. 만약 보름 후에 택배가 온다고 치자. 그때 보름이라는 시간은 평소처럼 뭘 하고 보냈는지도 모르게 그냥 흘러가 버린 시간이 아니라, 소중한 택배가 오기까지 내가 애써 기다린 시간이 된다. 어린왕자가 오후 네 시에 온다면 세 시부터 행복해질 거라던 여우처럼. 여우는 그 한 시간 동안 어린왕자를 기다리며 커다란 행복을 느꼈겠지만, 막상 네 시가 되어 어린왕자가 왔을 땐 생각만큼 행복하지 않았을 거라는 데 내기를 걸어도 좋다.

오디오를 시작하고부터 나는 소위 말하는 '장비병'이 자본주의사회에서 취미가 작동하는 근본 방식이 아닌가 생각하게 되었다. 등산용품, 캠핑용품, 카메라용품, 자동차용품, 원예용품, 오디오용품 등을 사는 기쁨이 제일 크고, 등산하고 캠핑하고 사진 찍고 차를 몰고 식물을 가꾸고 음악을 듣는 기쁨 등은 생각과 달리 부수적인 것이라고. 자본주의사회를 살아가며 우리는 언제나 무언가를 사야 하고 그것도 '잘' 사야 하는데, 그건 생각만큼 쉽지 않은 일이고 돈이 넉넉하지 않을 때는 더욱 그렇다. 그럴 때 취미는 훌륭한 가이드가 된다. 정해진 카테고리 내에서 가성비를 비교하고 다른 사람들의 후기를 참고하면서 '테크트리'를 따라 체계적으로 물건을 사들이며 얼마든지 돈을 '잘' 쓸 수 있는 것이다. 따라서 물건은 중요하지 않다! 내가 지금 돈을 '잘' 쓰고 있다는 감각이 중요할 뿐. 그러니까 내 경우, 그 대상이 책에서 오디오로 바뀌었을 따름이다. 물론 그렇게 생각한다고 해서 달라지는 건 아무것도 없지만….

크리스마스이브. 아침부터 눈 왔다. 최승자 시인의 『어떤 나무들은 – 아이오와 일기』 들고 집을 나섰다. 1994년 8월부터 1995년 1월 중순까지 시인이 아이오와대학에서 주최하는 인터내셔널 라이팅 프로그램에 참가하게 되면서 기록한 일기였다. 흔들리는 버스에서 사반세기 전에 쓴 시인의 일기를 읽으며, 남의 일기를 읽는다는 것에 대해 생각했다. 그 시차에 대해서도. 때때로 들려오는 뉴스를 통해 어느덧 노년에 접어든 시인의 근황을 조금은 알고 있는 상황에서, 그가 지금 내 나이 쯤에 쓴 과거 일기를 읽는 건 묘한 일이다. 타인의 기록을 통해 나의 지금을, 그리고 동시에 나의 미래를 생각하게 된달까? 특히 26년 전 오늘의 일기를 읽으면서는 뒤통수를 한 대 얻어맞은 기분이었다.

크리스마스이브? 그런데 내 전 재산은 50달러가 조금 넘는다. 이젠 식당에서 식사하는 일은 그만두어야겠다. 이 모든 게 책값 때문이다. 아니, 내 충동적인 성격 때문이다. 책값이 엄청 비싼데, 버클리에 와서 또 사들이기 시작한 책이 벌써 두 박스쯤은 되니까. 그나마 블랙오크북숍에서 새 책들보다는 헌책들을 주로 샀기 때문에 그만한 돈이라도 남아 있는 거다….

눈물을 닦으며 작업실 왔다. 현관 앞에 커다란 택배 상자 하나가 놓여 있었다. 열흘 전에 주문한 프리 앰프였다. 메리 크리스마스.

이 일기를 적으며 읽은 일기들의 목록

- Jonas Mekas, 『I Seem to Live: The New York Diaries 1950-1969: Volume 1』, Spector Books, 2019
- 최승자, 『어떤 나무들은』, 세계사, 1995 (난다, 2021, 개정판)

트위터에 "올해
책 다섯 권 내야지"라고 적었다

월요일 나.
화요일 나. 수요일 나.

○ 1월 1일 토요일

　새해가 밝았다. 이제 나도 마흔두 살이다. 빌어먹을 한국
식 나이…. 더글러스 애덤스의 소설 『은하수를 여행하는 히치
하이커를 위한 안내서』에 따르면 42라는 숫자는 "인생, 우주,
그리고 모든 것에 대한 궁극적인 질문의 답"이라던데, 무슨?
답은 없고 여전히 많은 것들이 막막하기만 하다.

　땡! 자정 되자마자 트위터에 "올해 책 다섯 권 내야지"라고
적었다. 어쩐지 기시감이 들어 1년 전의 일기를 들춰 보니 이
런 신년 계획이 적혀 있었다.

1) 책 5권 출간하기

2) 근육 DJ 유튜버 되기

3) 힙합 작사가로 데뷔하기

　나는 폴란드 출신의 소설가 비톨트 곰브로비치를 떠올린다. 폴란드의 귀족 가문에서 태어나 변호사가 되었지만 작가의 꿈을 버리지 못하고 남미로 떠난(그리고 다시는 고향으로 돌아가지 못한) 그는 1953년 아르헨티나에서의 일기를 문학의 역사에 영원히 기억될 도입부로 시작한다.

월요일

나.

화요일

나.

수요일

나.

목요일

나.

오늘은 1월 1일 토요일이고 나는 여전히 나다….

　　중학교에 다닐 무렵 나는 지금 내 나이쯤이면 내가 밴드를 만들고 싶다고 《벼룩시장》에 낸 광고를 보고 모인 친구들과 함께 누구도 예상하지 못했던 센세이셔널한 데뷔 앨범을 내고, 나쁘지 않지만 첫 번째 앨범에 비하면 턱없이 부족한 두 번째 앨범을 내며 소포모어 징크스에 시달리다가, 음반사와의 계약 때문에 아무리 좋게 말해도 망작이라고밖에 할 수 없는 세 번째 앨범을 내고, 술과 사랑과 다른 악마들이 낀 추문 끝에 해체를 선언한 후, 어디에도 머무르지 못하며 세계를 떠돌아다니는 동안 가끔 쓰고 부른 노래들을 묶은 거의 기타 한 대의 연주가 전부인 느리고 사색적인 솔로 앨범을 한두 장 내고, 어쩌다 다른 밴드들의 녹음이나 공연에 깜짝 등장하기도 하면서 세월을 보내다, 뾰족하던 구석들이 어느덧 둥글어진 조금쯤 늙고 지친 멤버들과 다시 뭉쳐 어떻게 봐도 명반이라고는 할 수 없어도 오래된 팬들에게 주는 작은 선물 같은—한두 곡쯤은 제법 감동적이라고도 할 수 있는—네 번째 앨범을 내고, 소소한 전국 투어를 돌고, 한동안 휴식기를 가진 다음, 어떤 야심도 조급함도 시기심도 없는 마음의 상태로 강원도 어디쯤에 있는 작은 펜션을 스튜디오 삼아 멤버들과 함께 숙식하면서 지금까지의 음악과는 다르고 세상 어떤 음악과도 다른 다섯 번째 앨범을 만들고, 비평가들로부터 만장일치의 찬사를 받지만 상업적으로는 별다른 반향을 일으키지 못하고, 어쩐지 조금은 후련한 마음으로 이제 정말 끝이라고 스스로에게 말한 후, 포르투갈의 작은 해변 마을에서 커다란 개와 사랑하는 사람과 함께 조용하고 편안한 시간을 보내고 있을 거라고 생각했는데. 그러니까 마흔두 살쯤에는.

○ 1월 3일 월요일

아무래도 웹소설을 너무 많이 읽은 모양이다. 멍하니 공상에 잠기는 일이 잦아졌다. 주로 빙의나 환생, 이세계처럼 다른 삶에 관한 쓸데없는 생각들이다. 일만 하기에도(일만 할 수 없지만) 시간이 모자란 판에. 그래도 다행인 건 요즘 글쓰기가 즐겁다는 것이다. 대체 얼마 만에 느끼는 기분인지 모르겠다. 5년? 10년? 아내 지은에게 이야기했더니 이렇게 말했다.

"대리에서 과장 되면서 이제 일이 좀 손에 붙는 거 같고 알 거 같고 자신감도 생기고 그러면서 재밌는 때 있는데 그런 건가?"

그럴 수도. 나이로 치면 과장이 아니라 부장이나 본부장은 되어야 할 것 같지만, 모두 다 같은 속도로 살아갈 수는 없는 일이니까….

내일은 드디어 일할 수 있는 날이고 벌써 좀 설렌다.

1912년 1월 3일 수요일, 카프카의 일기

내 안에 글쓰기에 대한 집중력이 있다는 것은 아주 잘 인식할 수 있다. 글쓰기가 나의 본질 중에서 가장 생산적인 방향이라는 것이 나의 존재 안에서 명확해졌기 때문에 모든 것이 이 방향으로 몰려들었고, 그 대신 성(性), 먹는 것, 마시는 것, 철학적 사유, 그리고 특히 음악의 즐거움으로 향했던 모든 능력들이 비어 버렸다. 나는 이런 방향에 있어서는 메말라 갔다. 이것은 필요한 일이었다. 나의 능력은 전체적으로 지극히 사소하기 때문에 그것들을 전부 합해야만 글쓰기라는 목표를 위해 반이라도 기여할 수 있기 때문이다. 내가 이런 목표를 자립적이고 의식적으로 발견한 것은 물론 아니었다. 그것은 저절로 발견되었고, 이제는 사무실에서의 일에 의해서만 방해를 받는다. 그런데 이 방해야말로 근본적인 것이다.

○ 1월 11일 화요일

아침에 눈을 뜨니 나윤이는 아직 곤히 잠들어 있었다. 좀
더 자고 싶었지만 문화센터에 가려면 슬슬 준비를 해야 했다.
잠깐 침대 끄트머리에 앉아 있는데, 나윤이가 뒤척이는 소리
가 들렸다. 조금 뒹굴뒹굴하더니 어느 순간 벌떡 일어나 앉는
나윤이.

아이들은 정말 신기하지. 성인은 보통 누운 상태에서 잠이
깨고 눈을 뜰까 말까, 뜨지 않았으면 좋겠다, 이불 밖으로 나가
고 싶지 않다, 그런 생각을 하다가 마지못해 눈을 뜨고도 한참
을 더 그렇게 누워 있다가 겨우 일어나지 않나?

"할머니 왔으니까 이제 아빠 작업실 가?"

문화센터에서 돌아오는 차에서 나윤이가 물었다.

"그렇지, 오늘 아빠 일하는 날이거든."

"아빠랑 더 놀고 싶은데…."

어쩐지 가슴을 쿡 찔린 것 같은 기분이었지만 애써 밝게
말했다.

"하하, 근데 오늘 아빠 작업실 가서 일해야 해."

"그래도 아빠랑 더 놀 거야!"

나윤이를 어머님께 부탁하고 작업실 갔다. 할 일이 태산인
데 벌써부터 너무 피곤하고 하루가 다 간 것 같고 아무것도 하

기 싫다. 정확히 말하면 하기 싫다기보다는 하지 못할 것 같았다. 그 생각이 맞았다. 지금은 아홉 시 이십이 분이고 시간이 어떻게 갔는지 모르겠다. 오늘 하루가, 지난 한 주와 한 달과 한 해가, 내 인생 전체가. 이럴 거였으면 그냥 나윤이랑 놀아주는 건데, 후회해도 이미 늦었다.

○ 1월 16일 일요일

결국 작업실은 못 갔다. 문제는 이렇다. 주말 동안 집안일만 한다고 해도 괜찮다. 뭘 해도 좋고 하루 종일 전혀 쉬지 않는다고 해도 상관없다(아닐 수도 있지만). 근데 주말만 그런 게 아니라 평일도 절반밖에 일할 수 없는 상황에서, 일이 밀리고 밀려 발등의 불을 끄기 위해서는 토요일이나 일요일 중 하루라도 작업실에 가서 일을 해야 하는데 그럴 수 없다는 생각이 들면 갑자기 견딜 수가 없다. 모든 것을 말이다.

○ 1월 27일 목요일

1909년부터 1923년까지, 14년 동안 카프카가 남긴 일기 중에서 1월의 일기를 찾아 읽었다. 1,000쪽에 가까운 책이다.

내킬 때마다 아무 페이지나 펼쳐서 읽곤 했는데, 특정한 달의 일기를 찾아 읽는 건 이번이 처음이었다. 내 감상은, 카프카도 참 한결같다….

　내 생각에, 글을 쓰는 사람이 카프카의 일기를 찾아 읽는 데는 장점과 단점이 모두 있다. 장점은 글쓰기의 어려움, 차라리 불가능을 토로하는 하루하루의 카프카를 보며 공감하고 나만 그런 게 아니라는 위로를 얻을 수 있다는 거다. 단점은 정도가 너무 지나쳐서 나까지 덩달아 우울해진다는 것. 좋아, 초반엔 아직 젊으니까 그렇다고 쳐. 근데 마흔 넘어서도 그러는 건 좀 아니지 않나? 하는 생각이 절로 들기도 한다. 혹시 다른 사람들도 내 트위터를 보며 그런 생각을 하는 건가? 문득 카프카가 마흔둘(한국 나이로)에 세상을 떠났다는 사실에 생각이 미쳤다. 아. 죽기 1년 전의 일기를 카프카는 이렇게 썼다.

글을 쓸 때는 언제나 더 불안해진다. 이해할 수 있다. 모든 단어들은 유령—손을 이렇게 휙 돌리는 것이 유령들 움직임의 특징이다—의 손안에서 방향을 바꾸면서 화자에게로 끝을 겨누는 창이 된다. 이 같은 발언은 매우 특별하다. 그리고 그렇게 무한하다. 위로가 된다면 단 하나, 네가 원하든 원치 않든 그것은 일어난다는 것이다. 그리고 네가 원하는 것은 눈에 띄지도 않을 만큼 거의 도움이 되지 않을 뿐이다. 위로 이상의 것은: 너도 역시 무기를 가졌다는 것이다.

작업실 화장실 변기가 막혀 버렸다. 뜨거운 물을 아무리 부어도 소용없었다. 일단 트래펑이랑 압축기 주문했다. 오늘도 마감은 하지 못했다.

○ 1월 30일 일요일

작업실 현관 앞에 압축기랑 2리터짜리 트래펑 여섯 개들이 박스가 놓여 있었다. 할인 행사에서 구입한 아델 새 앨범도 같이 왔다. 턴테이블에 LP 걸어 놓고 곧바로 작업을 시작했다. 먼저 변기에 트래펑을 반 통쯤 붓고 청소도 할 겸 싱크대랑 세면대랑 화장실 바닥에도 조금씩 뿌려 두었다. 삼십 분 후에 물을 내리라고 해서 내렸는데 별 효과는 없었다. 그런데 어라? 아무리 닦아도 지워지지 않던 변기의 묶은 때가 조금 열어진 것 같았다. 기분 탓인가? 그래서 콸콸콸 한 번 더 부었다. 그리고 좀 지나서 보는데, 우와 정말 지워지네? 화장실 바닥도 솔로 밀면서 물을 뿌리니 조금 깨끗해졌다. 몇 년 전 작업실 건물에 불이 나서 문틈으로 분진이 들어오는 바람에 남았던 흔적, 아무리 닦아도 좀처럼 깨끗해지지 않았던 얼룩들이 조금씩 지워지고 있었다! 사실 어느 순간 포기하고 그냥 변기를 바꿔야겠다 생각하며 방치하고 지냈었는데 이렇게.

신이 난 나는 본격적인 욕실 청소를 시작했다. 먼저 압축기로 변기를 뚫은 다음, 변기를 닦고 세면대를 닦고 바닥을 밀었다. 욕실 전용 세제로는 지워지지 않던 것들이 트래핑으로는 쉽게 지워졌다. 여섯 통을 언제 다 쓰나 했는데 하루 만에 다섯 통을 써 버렸다. 조금 과장을 보태면 아무도 오지 않는 공원의 버려진 화장실처럼 지저분하던 변기와 세면대가 새것처럼 하얘졌다! 덩달아 마음까지 환해지는 기분, 비록 일은 하나도 못 했지만 훨씬 중요한 무언가를 해낸 것 같은 기분이었다. 그게 뭘까?

잘은 몰라도 이런 게 아닐까. 아무리 시간이 흘러도 나는 여전히 나고 다른 사람이 될 수 없고 때때로 그게 너무 답답하고 절망적으로 느껴지기도 하지만 그럼에도 나는 조금 더 나은 내가 될 수 있다고. 아무리 답이 없는 것 같은 순간이라도 어떤 종류의 답은 있게 마련이라고, 비록 그게 내가 바라거나 원했던 답은 아닐지라도.

"나는 내가 나를 극복하는 법을 배웠으면 좋겠어(Well, I

hope I learn to get over myself). 다른 누군가가 되려고 노력하는 일은 그만두고(Stop trying to be somebody else)…."

　　노래하는 아델의 목소리가 들렸다. 뜬금없지만 올해는 좋은 해가 될 것 같다는 생각이 들었다. 집에 갈 시간이었다.

이 일기를 적으며 읽은 일기들의 목록

- Witold Gombrowicz, 『Diary』, Lillian Vallee trans., Yale University Press, 2012
- 프란츠 카프카, 『카프카의 일기』, 이유선·장혜순·오순희·목승숙 옮김, 솔출판사, 2017

말하자면
모든 것이 필요했다

우리에게는 필요한 시간이
모두 주어져 있다

○ 2월 1일 화요일

　한때 명절은 휴가의 다른 말이었다. 학교에 다니고 회사에
다니던 시절엔 그랬다. 이제는 아니다. 온 집안의 스타인 아이
를 태우고 로드 매니저처럼 이 집 저 집 바쁘게 오가는 날인 동
시에, 발등에 떨어진 일들이 활활 타오르고 있지만 달리 방법
이 없어 그저 발만 동동 구르는 날일 뿐….

　혹시나 하는 마음에 노트북까지 싸 들고 왔지만 결국 일은
하지 못했다. 아이 재우고 조금 짬이 나긴 했는데, 그마저도 스
마트폰만 들여다보다 보내 버렸다. 정확히 말하면 스마트폰으
로 동네 피아노 학원이랑 기타 학원을 검색하느라. 일할 시간

도 없는데 기타랑 피아노를 배울 시간이 있어? 하는 마음의 소리가 들리지 않는 건 아니었지만 일종의 오기랄까, 그런 생각이 들어서 오히려 더 검색하게 되는 것 같다. 당장 생활비도 부족한데 그래서 더 빚을 내 물건을 사들이는 사람처럼.

○ 2월 2일 수요일

돌아오는 길에 차에서 잠든 아이를 침대에 눕히고, 루트비히 비트겐슈타인의 『전쟁 일기』를 펼쳤다. 제1차 세계대전에 자원입대한 젊은 비트겐슈타인의 일기를 엮은 책이다.

이탈리아의 포로수용소에 수감되기 전까지, 비트겐슈타인은 3년 남짓한 기간 동안 일기를 남겼다. 일기장의 왼쪽 페이지에는 다른 병사들이 알아볼 수 없도록 암호문으로 쓴 사적인 일기(동료 병사들과의 불화, 그들에 대한 험담이 주를 이루었다)를, 오른쪽 페이지에는 일반적인 알파벳으로 훗날 20세기 역사에서 가장 중요한 저작 중 하나가 될 『논리철학논고』의 초고(동료 병사들이 보기에는 이쪽도 암호나 다름없었다)를 적었다. 물론 내 관심사는 오른쪽이 아닌 왼쪽의 내용이었다.

나는 약간 '이달의 운세'를 보는 기분으로 1915년 2월의 일기를 확인했다. 그리고 조금 멍한 기분이 되었는데, 2월 내

내 반복되는 일기의 내용 때문이었다. 그달에 남긴 22일 치의 일기에서 비트겐슈타인은 "작업하지 않았다"라는 문장을 13회 적는다. "작업하지 못했다"는 4회, "약간 작업했다"는 3회 등장한다. 거기에 "요새는 내 작업을 할 만한 힘이 없다"라는 문장까지 포함하면 22일 중 21일 동안 작업(『논리철학논고』를 쓰는)을 (거의) 하지 않은 것이다!

나는 조금 복잡한 기분을 느낀다. 비트겐슈타인 같은 세기의 천재도 일이 잘되지 않아 절규했다는("작업하지 못했다! 내가 다시 작업할 수 있는 날이 오기나 할까?!?") 사실이 위로가 되는 동시에 불길한 예언처럼 느껴지기도 한다.

○ 2월 3일 목요일

작업하지 못했다.

○ 2월 4일 금요일

연휴 동안 사부작사부작 주문했던 책들이 한꺼번에 도착했다. 대여섯 권 정도겠거니 생각했는데 열아홉 권의 책들이 여섯 개의 박스에 담겨서 왔다. 사람이 슬프면 소비를 한다고 하던데…. 밤에 지은과 함께 TV 보다가 피아노 학습 앱을 충동 구독했다. 기타 학습 앱까지 원 플러스 원으로 구독할 수 있다는 말에 넘어가 버렸다. 지은이는 차라리 학원을 다니는 게 어떻겠냐고 했지만 시간을 효율적으로 활용하기에는 앱이 낫다고, 열심히 해서 멋진 연주를 들려주겠노라고 말했다. 과연. 약간 작업했다.

○ 2월 8일 화요일

작업실 와서 커피 내려 마시면서 미츠키 새 앨범 들었다. 2018년, 다섯 번째 앨범 〈Be The Cowboy〉 발매 직전 '피치포크'와 진행했던 인터뷰에서 미츠키가 "음악을 계속 만들기 위해 한 사람으로서의 나를 포함한 모든 것을 소홀히 할 것"이라고 말했던 게 계속 생각났다. 안정적인 주거와 의료보험과 친구들과의 관계를 포기한 미츠키는 〈Be The Cowboy〉로 대중과 평단 모두에 크게 인정받으며 마침내 음악에만 전념할 수 있게 되었지만 다른 문제들이 그를 덮쳤다. 성공에 따른 피로감과 현기증, 회의감 등등으로 한때 심각하게 은퇴를 고민하기도 했다고.

오전까지만 해도 아이랑 문화센터 다녀오는 내내 머릿속

으로 오늘 일할 수 있는 시간과 해야 할 일들의 목록을 생각했는데, 막상 작업실에 오니 계획한 것처럼은 되지 않는다. 일은 많고 시간은 없고. 마음은 초조한데 막상 어디서부터 시작해야 할지 모르겠는 기분이다. 결국 두 시간 동안 기타 학습 앱으로 기타 연습했다. 손가락이 아파 왔지만 참고 또 참으면서, 일을 포함한 모든 것을 소홀히 하면서, 작가가 아니라 음악가라도 된 것처럼….

○ 2월 15일 화요일

지난주 목요일에는 밤새 A4 세 장짜리 원고를 썼고, 지난 토요일에는 밤새 A4 두 장짜리 원고를 썼다. 그리고 어제와 그제 이틀 밤을 새우면서 또 한 편의 원고를 썼다. A4 열한 장짜리 원고였다. 그런데 그걸 정말 썼다고 할 수 있나? 김수영의 말마따나 "그냥 글씨의 나열" 아닐까? 모르겠다. 입이 쓴 건 알겠는데. 그건 밤새 커피를 너무 마셔서 그런 거고.

중간중간 짬을 내서 기타 연습했다. 굳은살도 조금 생겼다. 솔직히 말하면, 나도 내가 이렇게 열심히 기타를 칠 거라고는 예상하지 못했다. 일을 하기 싫어서? 일종의 회피? 그렇다고 하기에는 지나칠 정도로 많은 일을 했는데.

선생님과 함께하는 수업과 달리 하나를 완벽하게 마스터하고 넘어가기보다는(원한다면 그렇게 할 수도 있겠지만) 일방적인 진도를 허겁지겁 쫓아가게 되는데, 그게 오히려 흥미를 잃지 않고 계속하게 만드는 원동력인 것 같다는 생각도 들었다. 완벽하게 따라잡진 못하지만 약간의 거리를 둔 채 그럭저럭 따라가고 있다. 아직까지는.

○ 2월 16일 수요일

마감에 쫓기지 않는 하루를 얼마 만에 맞는지 모르겠다. 이제 또 다른 마감들이 시작되겠지만, 실은 단행본 작업도 몇 권 밀려 있지만… 오늘도 기타 연습하고 밀린 책 읽었다. 그러다 SNS 보면서 쉬고 있는데, 타임라인에 휴대용 건반 광고가 보였다. 우연인가? 알고리듬이 내 소비 패턴을 간파한 걸까? 나도 모르게 내 개인 정보를 수집하는 빅테크 기업의 음모? 확신할 순 없지만 내가 순간 흔들렸다는 것만은 분명하다. 지금도 흔들리고 있고….

앨런 러스브리저는 쉰일곱 번째 생일을 앞둔 어느 날, 쇼팽의 '발라드 1번 G단조'를 연주하기로 마음먹는다. 세계적인 피아니스트들도 두려워한다는 무시무시한 곡이다. 앨런의 피아노 경력은 어린 시절 몇 년과 사십대 후반부터 취미 삼아 받아 온 레슨이 전부. 하지만 여름휴가 기간에 뭔가에 홀린 듯이 〈발라드〉의 악보를 펼친 그는 더듬더듬 건반을 두드리기 시작한다. 그리고 결심한다. 매일 피아노를 연습하자! 1년 후에는 사람들 앞에서 연주하자!

문제는 그가 영국 《가디언》지의 편집국장이었다는 사실이다. 설상가상 그해는 《가디언》 역사상 가장 바쁜 해였다. 정신없이 터지는 특종과 대형 스캔들로 눈코 뜰 새 없는 시간 속에서도 그는 짬을 내서 피아노 앞에 앉는다. 매일 이십 분 동안 쇼팽을 연습한다. 폭풍 같았던 그 1년(정확히는 16개월) 동안 꾸준히 일기를 썼고, 일기는 『다시, 피아노』라는 제목의 두툼한 책이 되었다.

어느 날의 일기에서 러스브리저는 소설가 아널드 베넷의 말을 인용한다. 베넷은 우리에게 잘 먹고 잘 살아야 할 책임이 있다고, 그것만으로도 이미 충분히 어려운 과업이라고 말한다. 그러나 주어진 책무를 완수하는 것만으로는 부족하다. 우리에게는 음악, 그림, 달리기, 기차 모형 세트, 혹은 그 밖의 다른 무엇이 필요하다. 물론 우리는 이렇게 말할 수 있다. 살아 있기에도 바쁜데 다른 걸 할 시간이 어딨어? 베넷의 대답은 단호하다.

"우리에게 시간이 추가로 주어지는 일은 없을 것이다. 과거에도 그렇고 지금도 그렇지만 우리에게는 필요한 시간이 모두 주어져 있다."

기타 연습을 시작한 지 이제 겨우 보름이 조금 넘었을 뿐이지만 그가 무슨 말을 하고 싶었는지 조금은 알 것 같다. 나는 고개를 끄덕이고, 지난주부터 눈에 어른거리던 휴대용 건반을 주문한다. 집에 디지털 피아노가 있긴 하지만 기왕 구독한 피아노 학습 앱을 잘 활용하려면 작업실에도 건반이 있어야 하지 않을까? 필요한 시간도 이미 주어져 있는데?

○ 2월 23일 수요일

건반 왔다. 어제 영상과 음악 작업을 하는 모 작가의 집에 놀러 갔다가 받아 온 번들 미디 프로그램이랑 가상 악기 프로그램 설치하고 건반 연결해서 놀다 보니 시간이 금방 갔다. 잘 배워서 음악을 만들 수 있으면 좋겠다는 생각이 들었다. 한편으로는 이제 와서 피아노를 배우고 미디 프로그램을 배워서 뭘 하겠다는 건지, 이거야말로 일종의 회피나 시간 때우기에 불과한 게 아닌지 불편한 마음이 들었지만. 막말로 이걸로 돈을 벌 것도 아니라면 말이다. 아니다, 이렇게 생각해서는 안 된다. 이래서야 자본주의의 노예밖에 되지 않는다. 나는 기타를 배우고 피아노를 배우고 미디를 배울 것이다. 그리고 그것을 돈으로 바꾸기 위한 어떤 시도도 하지 않을 것이다. 그냥 나 자신의 즐거움을 위해서, 그리고 가능하다면 아내와 아이를 위해서 연주하고 노래를 만들 것이다. 물론 누군가 돈을 싸 들고 와서 준다고 하면 굳이 말리지는 않겠지만….

○ 2월 27일 일요일

며칠째 앱으로 코드 반주 연습하는데, 너무 재밌어서 할 때마다 깜짝 놀라고 있다. 그 옛날 피아노 학원에선 왜 이런 걸 가르치지 않고 고리타분한 바이엘이니 체르니니 하는 것들만 가르쳤는지 의문이 들 정도다. 다시 생각하면 앱이야 노래가 빵빵하게 나오니 띄엄띄엄 코드만 쳐도 함께 연주하는 것 같고 흥이 나지만, 달랑 피아노만 놓고 코드 반주를 연습해 봤자 그다지 재미있지 않을 것 같기는 하다만. 어쨌든 이게 바로 내가 하고 싶었던 거라고! 헤드폰 끼고 고개 까닥까닥하면서(아무도 못 봐서 다행이지 뭐람) 연습하다 보니 어느덧 어둑어둑 해가 지고 있었다.

피아노 연습 마치자마자 곧바로 기타 연습 시작했다. 어느덧 왼손 손가락마다 단단한 굳은살이 자리 잡고 있었다. 문득 지금보다 어렸을 때, 시간과 체력과 의욕이 더 많았을 때 이런 앱이 있었다면 어땠을까 하는 생각도 들었다. 근데 또 모르지, 오히려 시간도 체력도 의욕도 떨어진 지금이라서 이렇게 할 수 있는 건지도. 그때는 체력과 의욕이 너무 많아서 어느 하나에 집중하지 못하고 이거 했다 저거 했다 하면서 공연히 시간만 보냈던 것 같은데.

동시에 그렇게 보낸 시간이 쌓여서 지금 더 재밌는 걸 수 있다는 생각도 들었다. 초등학교 시절에 배운 피아노랑, 이십 대에 혼자 깔짝거리던 기타가 도움이 되고 있다. 어쨌든 악보는 읽을 수 있고, 기타 코드 운지법도 대충은 알고. 그런 기초 없이 바로 이런 앱으로 시작했으면 헤매다 금방 포기했을지도 몰라. 지금처럼 거리를 둔 채로나마 따라가지 못했을 수도 있고.

요즘은 종종 그런 생각을 한다. 아무 의미 없이 흘려보낸 것만 같은 시간과 경험이라도 지금의 내가 되기 위해서 꼭 필요한 것이었다는 생각. 말하자면 모든 것이 필요했다. 그리고 모든 것은 필요하다. 그렇게 생각하면 무거웠던 마음도 조금은 가벼워진다.

이 일기를 적으며 읽은 일기들의 목록

- 루트비히 비트겐슈타인, 『전쟁 일기』 박술 옮김, 읻다, 2016
- 앨런 러스브리저, 『다시, 피아노 Play It Again』 이석호 옮김, PHONO, 2016

봄
Spring

금정연_ㅅ.hwp

글쓰기 외의 직업을
갖고 싶다는 소망

○ 3월 1일 화요일

한 차례의 마감들을 겨우겨우 마치고 이제 막 한숨 돌렸는데, 어느새 다음 마감들이 줄줄이 기다리고 있다. 에세이는 대충 생각해 둔 게 있고. 서평은 책 읽고 쓰면 되고. 문제는 시인데….

내가 왜 시를 쓰겠다고 했는지 모르겠다. 마지막으로 시라는 걸 썼던 건 대학교 3학년 때 들었던 시 창작 수업에서였다. 내 시를 본 이승훈 선생님은 특유의 콧소리로 다정하게 말씀하셨다.

"금정연, 금정연은 시는 안 쓰는 게 좋겠다~"

그 후로 20년이 흐르는 동안 그 말씀을 마음 깊이 새기고 지키며 살아왔는데. 어린이날을 기념해서 아이들에 대한 시를 쓰는 기획이라는 말에 그만 덥석 받아 버리고 말았던 것이다.

내일은 우리 집 어린이가 처음으로 어린이집에 가는 날. 물통이랑 여벌 옷에 이름표 붙여서 가방에 넣는데 왜 이렇게 기분이 이상한지 모르겠다. 아이와 함께 생활하게 된 이후로 아가가 언제 어린이가 되는지 늘 궁금했는데, 미처 알아차리기도 전에 어느새 어린이가 되어 버렸다. 아마 여기에 대한 시를 쓰게 될 것 같다.

○ 3월 2일 수요일

정신없는 아침. 마음 바쁜 어른들이 우왕좌왕하는 사이, 정작 어린이는 느긋하게 식탁에 앉아 빵을 먹고 있었다. 주민등록등본을 제출해야 해서 얼른 씻고 동사무소 갔다. 건물을 빙 둘러싸고 가림막이 쳐져 있어서 당황했는데, 뒤로 돌아가는 문이 있었다.

부랴부랴 돌아와서 다 같이 어린이집으로 향했다. 가는 내내 "어? 이건 뭐지?", "저기 달팽이가 있어!", "우리 같이 폴짝 뛰자!" 하는 나윤이를 보며, 이래서 어린이집이나 유치원까지

오 분이면 갈 거리를 삽십 분 걸려서 간다는 거구나… 생각했다. 지은이는 첫 등원 기념으로 마스크 벗은 사진 하나 남기고 싶은 눈치였는데, 나윤이가 극구 거부하는 바람에 마스크 쓴 사진만 잔뜩 찍었다.

어린이집 앞은 아이들과 보호자들로 와글와글했다. 씩씩하게 걸어오던 나윤이가 주춤했다. 코로나 때문에 입학식이나 다른 행사 없이 아이만 혼자 덜렁 들여보내야 하는 상황이었다. 엄마도 아빠도 외할머니도 없이 집도 아닌 곳에 혼자 있는 건 난생처음인데 괜찮을까? 괜찮겠지? 근데 정말 괜찮을까? 간밤에 지은과 나누었던 대화가 머릿속에서 빠르게 반복되고 있었다. 끝도 없고 답도 없는 대화였다.

그때 선생님들이 나윤이를 반갑게 맞아 주었다. 선생님 세 분이 아이를 둘러싼 채 가방을 받아 들고 신발을 벗기고 끊임없이 말을 걸며 자연스럽게 어린이집 안으로 이끌었다. 얼떨결에 따라가는 뒷모습을, 우리도 얼떨결에 바라만 보았다. 선생님 말씀 잘 듣고 친구들이랑 재밌게 놀라고, 잘 놀고 있으면 이따가 데리러 올 거라고 인사도 못 해 줬는데….

아이를 남겨 두고 돌아오는 길. 어딘가 대견하기도 하고 착잡하기도 한 기분이었다. 지은이는 벌써부터 울고 있었다. 운전해서 작업실 가는데, 나윤이 잘하고 있을까, 엄마 아빠를 찾으며 엉엉 울고 있는 게 아닐까, 혹시 어린이집에서 문제가 생겼다고 전화를 하지는 않을까, 이런저런 생각에 도통 마음이 편치 않았다.

○ 3월 7일 월요일

글이 안 써져서 괜히 이 책 저 책 들춰 보다가 존 파울즈의 『나의 마지막 장편소설』 조금 읽었다. 좋은 생각은 아니었다. 글을 쓰지 못해서 괴로워하고 있을 때 글을 쓰지 못해서 괴로워하고 있는 다른 작가의 일기를 읽으면 괴로움은 두 배가 된다. 1951년 3월 11일의 일기를 파울즈는 이렇게 썼다.

강렬한 의지도, 반드시 쓰고 말겠다는 불타는 욕구도 없다. 게다가 여유 시간을 그림 그리기와 글쓰기에 배분하고 있다. 글을 써야 할 시간에 실없이 수채화나 그리고 있는 것이다.
모르겠다. 인생을 낭비하고 있다. 돈도 없고 야망도 없다.

파울즈의 일기에서 '그림 그리기'를 '악기 연습하기'로, "실없이 수채화나 그리고 있는 것이다"를 "실없이 피아노나 치고 있는 것이다"로 바꾸면 고스란히 나의 일기가 된다. 돈도 없고 야망도 없고 이제는 독창성까지 없는….

○ 3월 14일 월요일

"김서율도머리이렇게묶었는데."

어린이집에서 돌아와 딸기를 먹던 나윤이가 갑자기 말했다. 처음엔 무슨 소리인가 했는데, 김서율이라는 친구 이야기인 모양이었다. 아이에게 생긴 첫 번째 친구. 왜 또 갑자기 눈가가 촉촉해지는 건지 모르겠다. 봄이라서 그런가?

거울을 보다가도 갑자기 "김서율네 집에도 거울 있나?" 혼자 묻고 "아마 있을 거야" 혼자 대답하는 나윤이. 저녁에는 김을 조금씩 혀로 녹여 먹다가 이렇게 말했다.

"김서율 할 때도 김인데. 그렇지?"

"맞네. 정말 그렇다."

내가 맞장구치자 이렇게 덧붙였다.

"기가 똑같네."

그런데 미음 받침은 어디로 갔지? 녹아 버렸나?

○ 3월 15일 화요일

여전히 시를 어떻게 쓰는 건지 모르겠다. 나윤이 어린이집 데려다주고 작업실 가서 테드 휴즈의 『오늘부터, 詩作』읽었다. 영국의 계관시인 테드 휴즈가 시를 감상하고 쓰는 방법을 친절하게 설명한 책인데, 확실히 쉽고 재미있게 읽히긴 한다. 물론 시를 쓰는 법에 대한 책을 읽는 것과 시를 직접 쓰는 건 전혀 다른 일이지만. 그리고 어떤 읽기는 쓰지 않을 핑계가 되기도 하지만. 그러니까 내 말은, 시를 쓰기 위해서는 시를 쓰는 수밖에 없다는 거다. 시 쓰는 법을 가르쳐 주는 책을 읽는 게 아니라….

○ 3월 16일 수요일

휴즈가 해 질 녘 황야를 걷는 일을 잘 묘사한 시를 소개하겠다며 "미국 시인 실비아 플라스의 시「워더링 하이츠」입니다"라고 쓴 구절을 읽었다. 나는 읽기를 멈추고 판권 면을 펼쳐 원서의 출간 년도를 확인했다. 1964년.

미국 보스턴에서 태어나 어린 시절부터 남다른 문학적 재능을 뽐내던 실비아 플라스는 스미스대학교 영문학과를 수석으로 졸업한다. 풀브라이트 장학생 신분으로 영국 케임브리지

대학교에서 공부를 계속하던 1956년, 스물네 살의 플라스는 두 살 연상의 테드 휴즈를 만나 사랑에 빠진다. 둘은 곧바로 결혼식을 올린다. 그들은 완벽한 커플처럼 보인다. 1960년에는 큰딸 프리다가, 2년 후에는 아들 니컬러스가 태어난다. 하지만 곧바로 남편 휴즈의 외도가 발각되고 둘은 별거를 시작한다. 이듬해 2월, 극도의 우울증에 시달리던 플라스는 잠에서 깬 아이들이 먹을 수 있도록 침대 머리맡에 우유와 쿠키가 든 접시를 놓는다. 플라스는 방문 틈을 테이프로 꼼꼼히 막은 다음, 가스를 틀어 둔 오븐에 머리를 넣고 자살한다. 남편 휴즈가 "미국 시인 실비아 플라스의 시 「워더링 하이츠」입니다"라고 쓰기 1년 전의 일이었다.

○ 3월 18일 금요일

　단행본 서문도 못 쓰고 시도 에세이도 못 썼다. 어젯밤에는 갑자기 숨이 잘 안 쉬어지는 것 같아서 산소포화도 측정했는데 97이 나왔다. 전에는 99였는데. 놀라서 찾아보니 95 이상은 정상이라고 했다. 그렇다고 딱히 안심이 되지는 않았다. 오히려 반대였다….

　『실비아 플라스의 일기』 읽었다. 그리고 다음과 같은 구절들에 밑줄을 그었다.

1957년 3월 4일 월요일

장애물에 걸려, 꼼짝도 못 하고 정체되어 있다. 머리에 마비가 와서 꽁꽁 얼어붙어 버렸다.

1958년 3월 8일 토요일 밤

내가 살아 있는지, 살아 있었던 적이나 있었는지 의심스러운 그런 밤이다.

1958년 3월 10일 월요일 밤

녹초가 되다. 그렇지 않은 날이 하루라도 있을까.

1959년 3월 9일 월요일

글쓰기 이외의 직업을 갖고 싶다는 소망. 유일한 직업으로 작가를 택한다는 건 불가능하다. 너무 메마르고, 너무 자주 고갈이 찾아온다.

플라스의 일기에는 너무 커다란 갈망이, 너무 깊은 고통이, 너무 많은 삶이 있다. 그 사실이 나를 슬프게 한다.

○ 3월 22일 화요일

아침에 양치시키고 있는데 나윤이가 불쑥 말했다.

"시우는 콧물이 나서 병원에 갔어."

"그랬어? 그래서 어떻게 했어?"

"주사 맞았어."

집에서 나오는데 이번에는 주차장에 서 있는 차들을 가리키며 "차 타고 오는 애들도 있어"라더니 "근데 어떤 친구는 차를 못 타서 택시 타고 왔대"라고 했다. 누가 그랬냐고 물으니 소율이가 그랬다고. 어린이들끼리 그런 대화를 하는 모습이 잘 상상되지 않았다.

그러면서 이런 이야기를 시로 쓰면 좋지 않을까 하는 생각도 들었다. 시우는 콧물이 나고 소율이는 택시를 타고 녹색 옷입은 친구 아빠는 코로나에 걸리고 등등. 어린이집에서 뭘 하고 놀았는지, 뭘 먹었는지 이야기하는 대신 이런 것들을 말하는 게 재미있기도 하고 신기하기도 했다. 무슨 기준으로 전할 이야기와 전하지 않을 이야기를 판단하는 걸까?

"저기야! 저기 어린이집이야!"

오늘도 맛있는 거 많이 먹고 선생님 말씀 잘 듣고 친구들하고 재밌게 놀라고 하니 씩씩하게 "응, 응, 응" 대답하는 나윤이. 현관 계단에 앉아 신발을 벗겨 주는 선생님에게 나윤이가 뭐라고 속삭였다. 그러자 선생님이 웃음을 터뜨렸다. 도대체 뭐라고 했기에? 궁금해하는 나에게 선생님이 말했다.

"오늘 아침엔 날씨가 쌀쌀하대요."

○ 3월 23일 수요일

밤새 시 썼다. 파일명에 차마 '220323_아침달_금정연_시.hwp'라고 쓸 수 없어서 '220323_아침달_금정연_ㅅ.hwp'라고 써서 보냈다. 이제 잠깐 눈 붙이고 또 다음 원고들을 써야 한다. 나는 실비아 플라스를 떠올린다. 어느 날, 플라스는 이렇게 썼다.

한꺼번에 다 하겠다고 생각하면, 끔찍하게 겁나는 일이다. 소설이 그렇듯. 시험이 그렇듯. 하지만 한 시간씩, 매일 하루씩 해 나가다 보면, 삶도 가능해진다.

나는 다시금 그녀의 짧았던, 그러나 많았던 삶을 생각한다.

이 일기를 적으며 읽은 일기들의 목록

- 존 파울즈, 『나의 마지막 장편소설』(전2권), 이종인 옮김, 열린책들, 2010

- 실비아 플라스, 『실비아 플라스의 일기』, 김선형 옮김, 문예출판사, 2004

이 책은 이렇게 나올
운명인 모양

○ 3월 28일 월요일

나윤이 어린이집 끝나고 놀이터에서 같이 모래 놀이 하는데 단행본 출판사에서 연락이 왔다. 아침에 메일 주고받을 때만 하더라도 디자인 팀에 이야기해서 신간 표지 시안을 새로 받아 보기로 했는데, 다시 논의한 결과, 그럴 수 없을 것 같다는 이야기였다. 처음에는 좀 황당한 기분이었다. 내가 제안했던 '미래 사어 사전'이라는 제목이 반려되고 출판사가 정한 '그래서... 이런 말이 생겼습니다'라는 제목으로 결정되었는데, 표지마저 내 의견이 반영되지 않는다니 너무한 거 아닌가 하는 생각도 들었다.

문득 10년 전에 첫 책을 내던 때가 떠올랐다. '서서비행'이라는 제목과 표지, 비행에 빗대 장 제목을 붙인 것까지 어느 하나 마음에 들지 않았다. 하지만 책은 결국 그대로 나왔다. 제발 본인을 한 번만 믿어 달라는 담당 편집자의 말에 약간, '그렇게까지 말씀하신다면 그렇게 하죠' 같은 기분이 되어 버렸던 것이다. 이번에도 비슷했다. 나는 어쩐지 홀가분한 기분으로 알겠다고 말하고 전화를 끊었다. 그러면서 이 책은 이렇게 나올 운명인 모양이라는 생각도 들었다. 아무리 내 이름을 달고 있다고 해도 책은 나 혼자 만드는 게 아니고, 일단 세상에 나온 책은 자신만의 삶을 살게 된다는 것을 나는 몇 번의 경험을 통해 알게 되었다. 부디 나쁘지 않은 생이기를 바랄 수 있을 뿐.

핸드폰에 저장되어 있던 표지 시안 이미지를 보여 주며 "이게 아빠 책이야. 어떨 것 같아, 재밌을 것 같아?" 물으니 나윤이가 쳐다보지도 않고 대답했다. "응, 재밌을 것 같아."

○ 4월 1일 금요일

이제 만우절 장난을 칠 나이는 지났다고 생각했는데, 자정이 되자마자 '미래 사어 사전'이라는 제목으로 J가 만들어 준 가짜 책 표지를 충동적으로 SNS에 올리면서 "곧 제 신간이 나

온다고 하네요 많관부"라고 써 버렸다. 일종의 티저라고 해도 좋고.

아침에 일어나서 나윤이가 할머니랑 같이 '치카' 하고 세수하는 동안 핸드폰을 보니 제법 반응이 뜨거웠다. 리트윗에 좋아요에, 댓글도 좀 달렸는데 전부 기대한다는 내용이어서 살짝 당황했다. 아니, 이게 가짜 책 같지가 않나? 딱 봐도 대충 그림판으로 만든 것 같은 느낌에 '물고기 화석[死魚]' 그림에는 스톡 포토 워터마크까지 그대로 있는데. 이걸 좋아해야 하는 건지 아닌 건지 문득 혼란스러워졌다. 설마, 이 모든 게 만우절 장난은 아니겠지?

○ 4월 6일 수요일

왜 이렇게 우울한지 모르겠다. 봄이라서 그런가? 신간 출간을 앞두고 이런저런 생각이 들어서? 그러니까 기대도 되고 부담도 되고 걱정도 되고. 언제부턴가 평온함이라는 게 뭔지 모르는 사람이 되어 버린 것 같다. 그렇다고 엄청나게 격렬한 감정이 일어난다거나 하지는 않고, 그냥 깊숙한 곳에 침울하게 가라앉아 있는 느낌. 그런데 이제 조금씩 흔들리는….

할 일이 많은데 좀처럼 손에 잡히질 않는다. 그저 무겁게 쌓이며 나를 더 아래로, 아래로, 아래로….

1921년 4월 8일 금요일, 버지니아 울프의 일기

「제이콥의 방」을 쓰고 있어야 하는데, 그럴 수가 없다. 대신 왜 쓸 수 없는지, 그 이유를 적어 놓겠다. 이 일기는 친절하며, 무표정하고, 믿을 만한 친구니까. 요는 내가 작가로서는 실패했다는 사실이다. 유행에 뒤처졌고, 나이도 먹었고, 더 이상 뭘 잘할 수도 없으며, 머리가 나쁘다. 봄은 도처에 와 있는데, 내 책은 (때 이르게) 세상에 나와 그만 순이 잘려 버렸다.

○ 4월 11일 월요일~12일 화요일

나윤이 어린이집 데려다주고 돌아와서 쉬고 있는데 출판사에서 문자 왔다. 드디어 책이 나왔다고, 저자 증정본은 10부인데 더 필요하면 말하라고 해서 20부 받기로 했다.

오랜만에 경의중앙선 타고 작업실 갔다. 인터넷 서점에 새 책 등록되었다는 알림이 왔다. 비로소 실감이 났다. 과연 이번 책은 반응이 어떨지. 솔직히 말하면 큰 기대는 안 된다. 정말 솔직히 말하면 좀 기대가 되기도 하지만… 모르겠네. 오랜만에 내는 책이라 그런지 영 감이 오질 않는다. 1921년 4월 8일의 일기에 버지니아 울프는 이렇게 썼다.

인기라는 것이 도대체 무엇인가? 로저가 어제 진실을 말해 주었는데, 사람이란 자기가 어떤 수준에 도달해 있기를 원하고, 또 남들이 자기 작품에 대해 흥미를 느끼고 관심을 가져 주기를 원한다. 내가 이미 사람들의 흥미를 끌지 못하게 된 것이 아닌가 하는 생각이 우울하게 만든다.

날씨마저 종일 흐리고 습하다. 봄이라기보다는 시원한 여름 같다. 시차를 두고 피어야 하는 꽃들이 한꺼번에 피었고, 벌들은 보이지 않는다.

○ 4월 13일 수요일

고요서사에서 진행하는 '문장 속에서 길을 잃은 자들을 위한 문체 연구반' 워크숍 첫날이라 시간을 들여서 꼼꼼하게 면도했다. 추레한 아저씨처럼 보이기 싫었다. 예전에 A 시인의 시 수업을 들었을 때가 생각났다. 그때 그의 나이가 아마 지금 내 나이와 비슷했던 것 같다. 어린 내가 보기에는 영락없는 아저씨였는데….

어젯밤부터 차를 몰고 갈까 말까 고민하다가 그냥 안 가지고 가기로 했다. 해방촌에 주차할 곳이 마땅치 않을 것도 같고, 오늘쯤 집으로 저자 증정본 택배가 올 것 같아서 내일 책을 싣고 작업실에 가면 될 것 같았다. 아니나 다를까, 아파트 단지 나오는데 택배사에서 문자가 왔다. 오늘 오후 네 시에서 여섯 시 사이에 배송하겠다고. 그런데 배송지가 옛날 집으로 되어 있었다. 아마 계약서에 적혀 있는 주소로 발송한 모양이었다. 어떡하지? 하다가 도로 들어가 차키 가지고 나왔다.

작업실 앞에 주차하고 문체 연구반에서 이야기할 내용들 정리하고 있는데 좀처럼 집중이 되질 않았다. 마음이 붕 뜬 기분이었다. "만약 네가 오후 네 시에 온다면, 난 세 시부터 행복해지기 시작할 거야"라던 『어린 왕자』의 여우처럼 세 시가 되기 전부터 엉덩이가 들썩들썩했다. 이러고 있느니 미리 가서 기다리는 게 낫겠다는 생각이 들었다. 오랜만에 가는 옛날 동네는 여전했다. 봄꽃이 예뻤다. 주차장에 서서 택배 배송 문자가 오기를 기다리는데, 언제 올 줄 알고? 혹시나 하고 경비실 앞에 가니 어라, 이미 택배가 와 있었다!

실제로 표지를 보니 왜 출판사에서 이렇게 결정했는지 알 것 같았다. 제목도 찰떡같았다. 역시 출판은 출판 전문가의 말을 들어야 한다는 생각이 절로 들었다. 물론 나는 늘 듣는다….

'삼십만 부 팔리면 뭘 사지?' 생각하며 고요서사를 향해 차를 몰았다. 그러다 신호에 걸려서 대기하다가 무심결에 사이드미러를 봤는데, 왼쪽 차로 뒤편에 내 차랑 완전히 똑같은 차가 보여서 깜짝 놀랐다. 도플갱어인가? 대혼돈의 메타버스? 저 안엔 책을 낼 때마다 삼십만 부는 기본으로 파는 베스트셀러 작가인 평행 세계의 내가 앉아 있는 건 아닐까?

조금 어색하고 대체로 무난하게 워크숍을 마치고 집으로 돌아와 버지니아 울프 일기 마저 읽었다. 1925년 4월 19일 일기를 읽다가 조금 웃었다.

나는 이번 여름에 글을 써서 3백 파운드를 벌어, 로드멜에 욕조와 더운 물이 나오는 싱크대를 설치할 작정이다. 그러나 쉬 쉬, 내 책은 출판에 임박해 떨고 있으며, 내 미래는 불확실하다.

그로부터 52년 뒤인 1977년 4월 19일의 일기를 수전 손택은 이렇게 쓴다.

나도 뭔가 위대한 작품을 쓰고 싶다.

나는 관심이 싫지만, 내 이름을 검색하는 것을 멈출 수가 없다.『그래서... 이런 말이 생겼습니다』에서 '맘관부'를 다룬 장에 썼듯이, 나 역시 좋으나 싫으나 인터넷이 모든 것을 바꾸어 놓은 관심 경제의 시대에 노동하고 돈 버는 사람이기 때문이다. 그건 딱히 돈이 들어올 일은 없지만 혹시나 하는 마음에 계속해서 통장 잔고를 확인하는 마음과 비슷하다. 아마 버지니아 울프나 수전 손택이 지금 태어난다고 해도 크게 다르진 않을 것 같다.

1937년 4월, 울프는 대표작 중 하나인『세월』을 출간한 이후 어느 날의 일기를 "나라는 사람은 참 재미있다!"라는 말로 시작한다. 작품이 별로라는 신문 서평을 보고 새벽 네 시에 잠에서 깨어 "내 정체는 드러났고, 그 불쾌한 라이스 푸딩 같은 책은 내가 생각했던 대로였다. 통탄할 실패작. 그 안에 생명이 없다"라며 괴로워하다가, 다른 신문에 실린 넉 줄짜리 기사에서 자신의 가장 최고 작품이라고 호평한 것을 보며 "이런 서평이 도움이 될까? 큰 도움이 되지는 못했다고 생각한다. 그러나 몸이 부서질 것 같은 기쁨은 부인할 수 없다"라며 곧바로 활기를 되찾는 자신이 스스로도 우스꽝스럽게 느껴졌기 때문일 것이다. 물론 나는 그 마음을 안다.

1961년 4월, 수전 손택은 울프와 같은 이야기를 조금 다르게 표현한다.

　　내 안에서 전쟁을 벌이는 두 가지 근본적인 욕구. 타인의 인정을 갈구하는 욕구. 타인에 대한 두려움.

왜 내 책은 알라딘에서만 움직이는지 모르겠다. 전 직장이라서 그런가? 오늘『그래서... 이런 말이 생겼습니다』는 알라딘 사회과학 분야 베스트 17위를 기록했는데, 16위는 무려 박근혜 씨의 회고록인『그리움은 아무에게나 생기지 않습니다』였다.

오늘 알라딘 사회과학 베스트셀러 목록을 본 사람은 다음과 같은 문장들을 읽을 수 있었을 것이다.

　　그리움은 아무에게나 생기지 않습니다.
　　그래서... 이런 말이 생겼습니다.

이렇게라도 웃었으니 됐다!

이 일기를 적으며 읽은 일기들의 목록

• 버지니아 울프, 『어느 작가의 일기』 박희진 옮김, 이후, 2009

• 수전 손택, 『다시 태어나다』 김선형 옮김, 이후, 2013

• 수전 손택, 『의식은 육체의 굴레에 묶여』 김선형 옮김, 이후, 2018

한마디로,
너무 피곤하다

○ 5월 11일 수요일

　　2주 동안 이어질 고난의 행군을 시작하는 첫날. 나윤이 어린이집 데려다주고 차 몰고 작업실 가서 문체 연구반 워크숍 준비하다가 팟캐스트 녹음하러 여의도 갔다. 오후의 강변북로는 좋았다. 오랜만에 만난 황정은 작가님과 함께 『그래서... 이런 말이 생겼습니다』와 그 밖의 많은 것들에 대한 이야기를 나누었다.

　　해방촌 좁은 언덕길을 올라 꼭대기에 있는 공영 주차장 갔는데, 오후 다섯 시가 안 됐는데도 빈자리가 없어서 다시 빙글빙글 돌아 옥상까지 올라갔다. 다행히 안쪽에 빈자리가 하나 있었다. 워크숍 시작하려면 아직 시간이 좀 많이 남아서 적당한 카페를 찾아 한참 돌아다녔다. 대부분 혼자 들어가기엔 애매한 곳이거나 오래 앉아 있기 부담스러운 곳이었다. 그러다 가파르게 내려가는 골목 계단 길에 있는 커피숍을 발견했다. 약간 높은 언덕에 있는 성채 같은 느낌이랄까? 거기서는 서울 시내가 한눈에 내려다보였다.

아이스 아메리카노랑 크로플 먹으면서 워크숍 주제 도서 『존재의 세 가지 거짓말』 상권이랑 『자기 앞의 생』 끝에 실린 로맹 가리의 에세이 「에밀 아자르의 삶과 죽음」 읽었다. 그리고 슬슬 걸어서 고요서사로.

어느덧 워크숍 세 번째 시간이었는데, 이래저래 바빴던 탓에 앞선 두 번만큼 준비를 하지 못해서 좀 걱정했다. 아무리 생각해도 지난주부터 글쓰기 과제(라고 하면 너무 딱딱하니까 '문필 활동'이라고 부르기로 한)를 시작한 게 신의 한 수였던 것 같다. 각자 써 온 글을 읽고 이야기 나누는 시간이 생각했던 것보다 더 재밌고 즐거워서 나도 조금 놀랐다. 다른 사람들도 즐거울지는 잘 모르겠지만….

텅 빈 밤의 용산을 달려 강변북로 지나 자유로 타고 집에 왔다. 내일은 제주도로 5박 6일 가족여행을 떠나는 날. 여행 가방 싸 놓고 《시사인》 정기 구독 신청했다. 추천인 쓰는 칸이 있기에 '황정은(소설가)'이라고 적었다.

○ 5월 12일 목요일

아침부터 정신없었다. 비행기 좌석에 앉아 겨우 한숨 돌렸다. 눈 좀 붙이려다가 『안네의 일기』를 잠깐 읽었다. 언제부턴가 남의 일기를 읽을 때면 지금과 비슷한 날짜부터 골라 읽게 되었는데, 1944년 5월 11일의 일기를 15세의 안네 프랑크는 이렇게 썼다.

잠시 화제를 바꾸어서, 언젠가 저널리스트나 유명한 작가가 되는 게 내 꿈이라는 건 너도 알 거야. 내가 이 엄청나게 망상 같은(혹은 광적인) 소망을 실제로 이룰 수 있을지는 아직 기다려 봐야 하지만, 가까운 미래에 꼭 하고 싶은 구체적인 목표는 이미 있어. 전쟁이 끝나면 난 반드시 '은신처'라는 제목의 책을 펴낼 생각이야. 실현 가능한 일인지는 아직 잘 모르겠지만, 적어도 내 일기가 그 책을 위한 초석이 되어 줄 것은 분명해.

그로부터 석 달 후에 누군가의 밀고로 체포된 안네와 가족들은 아우슈비츠로 이송되었다. 이듬해 안네는 그곳에서 세상을 떠난다. 전쟁의 끝을 보지도, '은신처'라는 제목의 책을 펴내지도 못하고. 사후에 출판된 일기를 통해 세계적인 작가가 되었지만 안네의 소망이 이루어졌다고는 말할 수 없을 것이다. 러시아가 우크라이나를 침공한 지 두 달이 넘었다. 그런 생각들은 제주도를 향하는 비행기에 앉아 있는 내게 일종의 죄책감을 불러일으켰고, 그것에서 벗어나기 위해 나는 황급히 눈을 감았다.

○ 5월 18일 수요일

한 시에 망원동에서 《뉴시스》와 인터뷰하기로 해서 열두 시에 집에서 나왔다. 긴 배차 간격을 고려하더라도 충분한 시간이었다. 그러니까 버스가 이십 분 내에 도착하기만 한다면···. 하지만 다음 버스는 사십 분 후에 도착할 예정이었고, 나는 눈물을 머금고 택시를 불렀다. 언젠가부터 택시를 잘 안 타게 되었고, 요즘엔 『아무튼, 택시』를 쓴 게 내가 맞나 싶다.

약속 시간보다 십 분 일찍 도착했다. 《뉴시스》에서 먼저 와서 기다리고 있었다. 기자라고 해서 막연하게 나랑 비슷한 나이겠거니 생각했는데 굉장히 어려 보여서 좀 놀랐다. 나중에 들으니 스물일곱 살이라고 해서… 나랑 열다섯 살 차이니까, 보자… 나보다 열다섯 살 많으면 지금 쉰일곱 살이겠구나… 같은 생각을 하기 싫지만 하고 말았다. 인터뷰가 시작되었고, 기자가 첫 번째 질문을 했다.

"솔직히 말하면 이 책에 실린 신조어를 쓰는 세대는 아니시잖아요. 그런데 어떻게 책을 쓰시게 되었나요?"

하하, 그러게요….

인터뷰 끝나고 저녁 약속까지 시간이 남아서 망원동과 합정동 근처를 돌아다녔다. 확실히 사람이 많이 늘어난 것 같았다. 얼마 전까지만 해도 대부분의 가게가 한산했는데 이제는 제법 북적북적한 곳도 많았다. 하긴 나만 해도 1월부터 4월까지보다 5월 이후 외부 일정이 더 많으니까.

커피숍에서 책 읽다가 시간 맞춰 약속 장소에 갔다. 처음엔 둘밖에 없었는데 조금 기다리자 친구들이 하나둘 도착하기 시작했다. 전부 아홉 명이었다. 이렇게 많은 인원이 함께 모여 수다 떨고 놀았던 게 언제였는지 기억도 나지 않았다. 그리고 이렇게 늦게까지 놀았던 게 언제였는지도.

새벽 한 시에 헤어져서 택시 타고 집에 들어왔다. 간만에 갈 때도 택시, 올 때도 택시, 아무튼 택시….

오후 섬과달 출판사 미팅. 저녁에는 문학과지성사 편집자분들, 《소설 보다 : 봄 2022》에 작품을 실은 소설가 세 분과 함께 밥 먹고 땡스북스에서 작가와의 만남 행사를 했다. 그중 한 작가님은 팬데믹 시작할 때 데뷔해 오프라인 행사는 처음이라고 해서 새삼 놀랐다. 나도 이런 대면 행사의 사회를 본 건 오랜만이어서 즐겁게 진행했다. 그렇지만 벌써 열흘 가까이 쉬지 않고 달려온 탓에 피곤한 건 어쩔 수 없어서, 집으로 돌아오는 만원 버스에서 여기는 어디이고 나는 누구인지 하는 생각이 절로 들었다. 만약 작은 요정이 나타나 세 가지 소원을 말하라고 하면 나도 모르게 하루 종일 아무것도 안 하고 잠이나 자고 싶다고 했다가 곧바로 아니, 방금 건 취소해 주세요, 라고 두 번째 소원을 써 버린 다음, 입이 방정이지, 입이 방정이야! 내가 정말 말을 말아야지 정말, 이라고 했다가 요정이 그걸 세 번째 소원으로 들어줘서 영영 말을 못하게 될 것 같은 날들이다. 한마디로, 너무 피곤하다.

○ 5월 21일 토요일

소전서림에서 정지돈 작가와 함께 '햄릿과 돈키호테: 미친 세상에서 길 잃은 사람들을 위한 성격 연구' 강연을 했다. 그걸 강연이라고 할 수 있을지는 모르겠지만…. 늘 그렇듯 준비할 때는 대체 무슨 이야기를 하지? 하다가 막상 행사가 시작되면 이런저런 이야기를 하다가 정작 준비한 내용의 5분의 1도 채 풀어놓지 못하고 끝나 버린다. 일산에서 강남까지 먼 거리를 지돈 씨가 태워 줘서 편하게 다녀왔다.

○ 5월 23일 월요일

간밤에 한국 소설가 정지돈과 이상우, 한국 배우 조현철, 그리고 미국 배우 제이슨 모모아 등과 함께, 망해 버린 세상을 구할 수 있는 어떤 물질을 찾으러 이세계로 떠나는 꿈을 꿨다. 이유는 모르겠지만 샌프란시스코처럼 느껴지는 이세계의 경주에서 제이슨 모모아가 강에 뛰어들어 대형 갈치를 잡았다. 갈치 머리에 올라타 뿔을 잡고 수면 위로 튀어 오르는 모모아의 모습이, 잠에서 깬 다음에도 한동안 눈앞을 맴돌았다.

나윤이 감기 기운이 안 떨어져서 요거트 주고 약 먹였다. 별로 한 것도 없는데 시간이 빠르게 흘렀다. 준비해서 어린이집 가야 하는데 나윤이는 자꾸 놀겠다고만 하고. 아홉 시 사십 분쯤에야 겨우 달래서 양치하고 세수시켰다. 머리를 묶어 주면서 나윤이에게 물었다.

"나윤아, 나윤이는 나중에 커서 뭐가 될 거야?"

"아무것도 안 될 거야."

"왜 아무것도 안 되고 싶어?"

"엄마는 매일 회사에 가잖아."

"…매일 회사에 가는 게 싫어?"

"응, 매일 회사에 가기 싫어. 아무것도 안 될 거야."

이래서 유전이 무섭다고 하는 거구나 하는 생각이 절로 들었다….

○ 5월 24일 화요일

어린이집 생일 파티에 가져갈 생일 선물 사서 작업실 갔다. 미니 잠자리채 세 개. 날이 더워서 시원한 물 마시면서 조금 쉬었다. 그러다 OBS 〈전기현의 씨네뮤직〉 제작진이 와서 간단한 촬영을 했다. 이번에 개편하면서 작가나 배우 같은 사람들이 영화 음악을 추천하는 코너를 신설했는데, 어쩌다 보니 첫 번째로 내가 출연하게 된 것이다. 아무래도 처음이다 보니 제작진도 감을 못 잡는 눈치였다. 나는 더더욱 못 잡았고….

저녁엔 망원동에서 친구 만났다. 팬데믹 이후에 처음으로 만나는 것이었다. 나는 며칠 전에 읽은 후고 발의 일기를 떠올렸다. 독일의 작가이자 다다이즘 운동을 주도했던 발은 1921년 5월 19일의 일기를 이렇게 적었다.

> 오늘 아침 일찍 친구들이 와서 붉은 벽난로 위에 비잔틴 성모 마리아상을 소리 나지 않게 조심조심 올려놓았다. 그리고 그 아래에 장미 세 송이를 놓았다. 이윽고 우리의 이목을 끌기 위해 고함을 질렀다. 매우 행복한 시간이었다.

그러니까 시끌벅적했던 다다이즘 동료들과 결별하고 가톨릭에 귀의한 후 스위스의 작은 마을에서 성인전을 연구하며 금욕적인 삶을 살던 말년의 발도 친구와의 만남은 여전히 반가웠다는 말이다. 나도 그렇다.

○ 5월 25일 수요일

오후에 《한국일보》와 인터뷰하는데 그때까지도 숙취가 가시질 않았다. 사진이 어떻게 나올지 모르겠다. 마스크를 쓰고 찍었어야 하는데….

인터뷰 마치고 숭례문에서 해방촌까지 걸었다. 작은 공원

벤치에 앉아 워크숍 주제 도서인 배수아의 『에세이스트의 책상』 읽었다. 한참 읽다가 비가 한두 방울씩 떨어지기 시작해서 마지막 50페이지는 근처 카페에서 읽었는데, 너무 좋아서 약간 멍해질 지경이었다. 이렇게 쓸 수 있는 사람은 배수아밖에 없다는 생각이 들었다.

즐겁게 워크숍을 마치고 돌아가는 길. 이제 바쁜 건 좀 지나갔구나 안도하며 다음 주 스케줄을 정리했다. 과연, 일평균 1.8회의 외부 일정이 1.2회로 줄어 있었다. 책은 언제 쓰지? 보고 듣고 읽어야 할 것들도 너무 많은데 그것들은 또 언제?

흔들리는 광역 버스 안에서 문득 하나의 아이디어가 떠올랐다. 래퍼들이 마이크 하나 놓고 랩을 하는 〈딩고 프리스타일〉의 '킬링벌스'처럼, 작가들이 나와서 자기가 쓴 문장을 암송하는 유튜브 채널을 만드는 거다. 그래서 20억을 투자받아야지. 그럼 19억 9,900만 원 정도 남길 수 있지 않을까…. 그럼 많은 고민이 사라질 텐데…. 그런 생각을 하는 내가 조금(실은 많이) 한심하게 느껴져서 나는 황급히 눈을 감는다.

○ 5월 30일 월요일

《한국일보》 인터뷰 나왔다. 생각보다 사진이 나쁘진 않았는데, 기자가 "작가 사진 찍을 때면 늘 고민이 되는데,《뉴욕타임스》를 찾아봐도 작가들 사진은 그냥 책 들고 찍더라고요. 그러니 책 좀 들어 보실래요?" 하며 촬영한 사진은 지면에 없었다. 궁금했는데 나중에 메신저로 보내 주셨다. 사진을 보자마자 왜 안 썼는지 너무 잘 이해할 수 있었다. 기자님, 감사해요. 사진 찍어 주시고, 보내 주시고, 기사에 쓰지 않아 주셔서….

이 일기를 적으며 읽은 일기들의 목록

- 안네 프랑크, 『안네의 일기』 배수아 옮김, 책세상, 2021
- 후고 발, 『시대로부터의 탈출』 박현용 옮김, 나남, 2020

여름.

Summer

내 책이
한 권도 없는 서점에서

한밤에 책이
쓰러지는 소리에

○　6월 1일 수요일

어머님께 나윤이 잠깐 맡기고 투표하러 갔다. 현관을 나서
는데 나윤이가 물었다. "오늘은 엄마 아빠 어디 안 가는 날 아
니야?" 그래서 오늘은 투표하는 날이라고, 투표는 최고를 뽑는
거라고 이야기해 주었다. 그러자 나윤이가 말했다. "나윤이가
최고잖아!" 그 말은 맞다, 적어도 우리 집에서는….

정오의 햇살이 뜨거웠다. 그늘을 걸어 백마고등학교로 갔
다. 투표를 하러 온 사람보다 안내하고 지키고 있는 사람이 더
많았다. 얼른 투표하고 돌아오자 나윤이가 러닝셔츠 바람으로
강냉이 먹으면서 뽀로로 컴퓨터를 하고 있었다. "우리 집 최고

가 누구야?" 하고 장난삼아 물으니 나윤이가 망설이지 않고 대답했다.

"나윤이!"

"그럼 우리 동네 최고는 누구지?"

"제일 힘센 사람."

그리고 곧바로 이렇게 덧붙였다.

"그다음으로 힘센 건 나윤이."

이걸 겸손하다고 해야 할지, 아니라고 해야 할지.

○ 6월 3일 금요일

영자원(한국영상자료원)에서 지돈 씨랑 같이 〈미미와 철수의 청춘스케치〉 GV를 했다. 극장이라는 공간 때문일까, 아니면 관객들의 성향이 달라서일까. 북토크랑 다르게 영화 GV는 늘 좀 어색하고 뻘쭘한 기분이 든다. 성능 좋은 스피커를 통해 울리는 내 목소리를 듣는 게 고역이기도 하고. 그래도 초반을 넘기면서 어색함은 점차 사라졌고, 영화에 대한 이런저런 이야기를 두서없이, 그러나 결국엔 준비한 대로 했다. 어떤 점에서는 북토크에서 책에 대해 이야기하는 것보다 GV에서 영화에 대해 이야기하는 게 더 재밌게 느껴지기도 하는데, 그건 책과 달리 영화는 거기 있는 사람들이 모두 봤기 때문인 것 같다. 작품의 내용이나 특정한 장면에 대해 길게 설명할 필요가 없다는 점이 특히 좋다.

○ 6월 8일 수요일

워크숍 준비하면서 제발트의 『토성의 고리』를 마저 읽었다. 2011년도에 출간되고 처음 읽었을 때보다 지금 다시 읽는 게 더 좋은 것 같았다. 어떻게 이런 문장을 쓰지? 여기서 이렇게 넘어간다고? 감탄하다가 나도 모르게 까무룩 잠들었다. 어제 잠을 거의 못 자서 그만….

한 시간쯤 잤나? 어느덧 나가야 할 시간이어서 하는 수 없이 걸어가면서, 지하철에서, 마을버스에서, 해방촌 언덕을 오르면서 계속 읽었다. 올 때마다 경사가 더 가파르게 느껴지는 건 그냥 기분 탓이겠지, 아니면 체력 탓이거나. 매번 생각하지만 아이들이 많아서 좋은 동네다. 오늘도 아이들은 좁은 골목에서 신나게 놀고 있었다.

고요서사에서 워크숍 끝나고 존 A. 베이커의 『송골매를 찾아서』사서 집으로 돌아왔다. 책장에 새 책을 둘 자리가 없어서 한참 노려보다가 그냥 책상 위에 올려 두었다. 그리고 생각했다. 나는 왜 맨날 책이 너무 많다고 불평하면서 또 책을 사는 걸까? 마조히스트인가?

2020년 6월 7일의 일기를 소설가 황정은은 이렇게 썼다.

한밤에 책이 쓰러지는 소리에 잠에서 깨곤 한다.

책들은 왜 그런 소리를 내며 넘어질까.

딱, 하고 쪼개지는 소리를 듣고 잠자리에서 일어나 귀를 기울이다가 가 보면 북엔드로 눌러 두지 않은 책이 넘어져 있다. 그러면 나는 흡족해 책을 도로 세워 두고 자러 간다. 방금 넘어진 책 속에서 무슨 일인가 벌어졌다고 상상하면서.

크리스티앙 보뱅(Christian Bobin)의 책을 다 읽고 데버라 리비(Deborah Levy)의 책으로 넘어왔다. 책을 어떻게 이렇게 아름답게 만들었을까. 이렇게 아름다운 사물을 만들어 내는 사람들 때문에 내가.

○ 6월 12일 일요일

나윤이가 어린이집에서 40퍼센트 할인 쿠폰을 받아와서 온 가족이 아쿠아리움에 갔다. 생각보다 볼 게 많진 않았다. 매점에서 만화경 사서 나오다가 구슬 아이스크림 자판기가 있어서 야외 벤치에 앉아 먹었다. 마차가 손님들을 태우고 우리 앞을 지나다니고 있었다. 저 멀리에는 작은 바이킹도 있었는데, 나윤이가 관심을 보였다.

"나윤아, 저건 좀 무서울 거 같아."

"나 안 무서워!"

"아빠가 무서워…."

결국 줄을 서서 우리 차례를 기다리는데, 눈앞에서 왔다 갔다 하는 걸 보기만 해도 어지럽고 토할 것 같은 기분이었다. 하지만 나윤이는 전혀 동요하지 않고 오히려 끝에 앉을 거라고 선언했다. 한 번만 다시 생각해 보라고 해도 듣지 않았다. 어쩔 수 없이 맨 끝에 앉았다. 어쩌면 중간에 울 수도 있겠다 싶었다. 나윤이가 울건 내가 울건 둘 중 하나는….

그런데 웬걸. 나윤이는 바이킹이 움직이자마자 웃음을 터뜨리더니 진심으로 즐거워했다. "여기 가슴이 막 간지러워!" 하면서 손뼉을 치고 손도 들고 계속 와하하하 웃었다. 하나도 무서워하지 않고 바이킹을 즐기는 나윤이의 모습을 보고 있으려니 나까지 덩달아 기분이 좋아졌다. 비록 어지럽고 토할 거 같긴 했지만.

이제 그만 내렸으면 좋겠다는 생각을 하고 있는데, 마침

맞은편에서 누가 언제 끝나냐고, 제발 멈춰 달라고 외치는 게 보였다. 두 아이를 데리고 앉아 있던 아저씨였다. 나는 생각했다. 그래도 선생님은 운이 좋으시네요, 끝이 아니라 중간에 앉아 있잖아요….

나윤이는 마지막까지 깔깔 웃더니 바이킹이 멈추자 쿨하게 내렸다. 이번에는 기차 놀이 기구를 기다리는데, 뒤에서 바이킹 탄 아이들의 소리가 들렸다. 나윤이가 돌아보며 말했다.

"쟤네 진짜 재밌겠다."

나도 지은도 둘 다 놀이기구는 젬병인데 대체 누굴 닮은 건지 모르겠다.

기차가 우리 바로 앞에서 끊겨서 기다리는데 아무리 시간이 지나도 오지 않아서 '뭐지? 고장났나?' 했지만 타 보니 이유를 알 수 있었다. 거대한 쇼핑몰 사이를 선로도 없이 저속으로 덜컹거리면서 한 바퀴 도는 데 최소한 십 분은 걸린 것 같았다. 덕분에 건물에 무슨 매장이 있고 어떤 구조로 되어 있는지 속속들이 알 수 있었다.

○ 6월 14일 화요일

아무래도 책을 정리해야 할 시점이 온 것 같다. 재작년 연말에 700권, 작년 연말에 300권 정도를 처분했는데, 그새 또 얼마나 많은 책을 산 건지….

책을 정리해야 할 때면 나는 숀 비텔의 중고 서점에 책을 팔러 온 웨일스 여성 같은 기분이 된다. 그녀가 남편과 함께 책 열 상자를 가지고 스코틀랜드의 공식 북타운인 위그타운에서도 가장 큰(다시 말해, 스코틀랜드에서 가장 큰) 숀 비텔의 중고 서점을 찾은 건 2014년 6월 7일의 일이다. 비텔은 그날의 일기를 이렇게 쓴다.

그녀의 남편이 차에서 상자를 가지고 들어왔다. 일부는 흥미를 끌 만한 책이긴 했는데(아마 가져온 책들의 한 20퍼센트 정도는) 보관 상태가 너무 안 좋았다. 먼저 세 개의 상자를 열어서 살펴보았는데, 내가 책을 뺄 때마다 그 여성은 들고 있던 수첩에 뭔가를 기록했다. 이런 행동은 예외 없이 그 손님이 자신이 보유한 책을 과대평가하고 있다는 걸 암시한다. 여성은 이따금씩 책을 하나 집어 들고는 "아, 맞아, 이건 정말 희귀한 책이죠"라거나 '가치 있는' 또는 '초판'이라는 말들을 웅얼댔다.

비텔은 그녀의 말이 끝나기를 기다렸다가, 열 상자에서 고른 스무 권의 책에 대해 60파운드를 줄 수 있다고 말했다. 그러자 바로 "아, 안 돼요. 오, 안 돼 안 돼 안 돼 안 돼"라며 과잉 반응을 보이는 여성을 두고 비렐은 이 층으로 차를 끓이러 올라갔다. 그리고 오 분 뒤에 다시 내려가 보니 그 여성과 궁지에 몰린 불쌍한 남편, 그리고 책들은 사라지고 없었다는 것이다.

한마디로, 나 역시 정리할 책을 고르고 고르다가 이 책은 먼 훗날 언젠가 참고할 필요가 있을지 몰라서 안 되고, 저 책은 표지가 예뻐서 안 되며, 그 책은 저자가 내 친구의 친구의 친구라서 안 된다고 중얼거리다가 결국엔 "오, 안 돼 안 돼 안 돼 안 돼" 하고 절규하며 포기해 버리고 말았다는 말이다. 작년에 300권, 재작년에 700권은 대체 어떻게 처분했는지 모르겠다. 솔직히 말해, 지금도 그때 처분하지 말았어야 했다고 땅을 치며 후회하는 책이 족히 스무 권은 된다. 물론 나머지 980권은 제목도 기억나지 않지만….

○ 6월 16일 목요일

머리 자르러 갔다가 미용실이 있는 건물 이 층에 서점이 있다는 게 생각나서 한번 올라가 봤다. 들어간 건 처음이었는데 짐작보다 훨씬 넓고 책도 다양했다. 한참 구경하다가 빈손으로 나왔다. 내 책이 한 권도 없는 서점에서 굳이 책을 사고 싶지 않아서였다.

○ 6월 21일 화요일

문득 왓챠피디아에서 책에 대한 별점도 매길 수 있다는 게 생각나서 내 책을 검색해 봤다. 『담배와 영화』에 왜 그렇게 악평이 많은 건지 도무지 모르겠다. 『난폭한 독서』는 평점이 좋기에 들어갔다가 하필 맨 위에 "어떤 개똥 같은 말들을 계속할 것인지 궁금하게 만들긴 한다"라고 시작하는 별 하나짜리 평이 달린 걸 봤다. 그래서 그 사람이 또 무슨 책에 평을 남겼나 들어가 봤다. 앤 카슨, 수전 손택, 가브리엘 가르시아 마르케스, 프란츠 카프카, 사노 요코, 허먼 멜빌, 올더스 헉슬리, 윌리엄 골딩, 모파상, 페르난두 페소아 등, 수많은 사람들이 거장이라고 평가하는 작가들의 작품에 별 한두 개를 주었는데, 그렇다고 별이 늘 짠 건 아니고 제발트나 다자이 오사무, 밀란 쿤데라, J. D. 샐린저 등의 작품에는 별 다섯 개를 주기도 했다. 도대체 기준이 뭔지 모르겠고, 그냥 다 모르겠다는 생각이 들었다. 그러니까 사람들이 왜 책을 읽는지, 그리고 나는 왜 책을 쓰는지….

출판사에서 신간을 보내 주며 나윤이 그림책도 한 권 같이 보내 줬는데, 나윤이에게 보여 준다는 걸 깜박하고 내 책상 위에 올려 둔 지 며칠이 지났다. 그러다 어제는 나윤이가 서재에 들어가 그 책을 보더니 엄마에게 이렇게 말했다고 한다.

"아빠가 나윤이 주려고 이 책을 가져왔나 봐."

지은에게 그 말을 전해 듣는데 나도 모르게 웃음이 나오는 동시에 마음이 조금쯤 무거워지기도 했다. 책을 좋아하는 건 좋은데, 너무 좋아하지는 말았으면 하는 그런 부질없는 마음.

이 일기를 적으며 읽은 일기들의 목록

· 황정은, 『일기 日記』 창비, 2021

· 숀 비텔, 『서점 일기』 김마림 옮김, 여름언덕, 2021

언제까지
이런 메일을 써야 할까?

돈 편지(money letter)의
저주

○ 7월 4일 월요일

1949년 오늘의 일기를 카뮈는 이렇게 시작한다.

똑같은 하루. 졸려서 더욱 악화된—마치 그 끝 모르게 반
복되던 불면의 밤들을 갑자기 내게 상기시켜 주기라도 하
려는 듯이. 낮에 몇 번이나 잠자리에 누웠고 그때마다 잠
에 빠졌다. 전날 밤에 잠을 잘 잤는데도 불구하고. 사이사
이에 작업. 수영, 햇볕 쪼이기(오후 2시에, 왜냐하면 그 시간 외
에는 너무 습하기 때문에)와 비니 읽기. 그 글 속에서 내 정신
상태와 일치하는 많은 것들을 발견한다.

나는 알베르 카뮈의 일기를 읽고 그 글 속에서 내 정신 상태와 일치하는 것들, 졸려서 더욱 악화된 똑같은 하루라거나 거듭된 낮잠이라거나 지나친 습기 같은 것들을 발견한다. 동시에 일치하지 않는 많은 것들도 발견하는데, 이를테면 카뮈는 남아메리카를 향하는 배의 일인실에서 일기를 쓰고 나는 집에 앉아 일기를 쓰고 있다는 것 같은? 가장 큰 차이는 카뮈는 카뮈고 나는 나라는 사실이겠지만….

나윤이 재우고 11번가 아마존에서 특가로 올라온 LP 검색하다가 문득 생각나서 요나스 메카스의 두 번째 일기를 검색해봤다. 보름 전에 알라딘에 주문했는데 일정보다 늦어져서 아직 받지 못한 책이었다. 그런데 웬걸, 내가 구입한 가격의 거의 반값에 팔고 있었다. 얼른 취소하고 새로 주문하려는데 외서의 경우 고객의 요청에 의해 수입이 진행되는 만큼 20% 취소 수수료가 차감된다고 했다. 귀찮은데 하지 말까? 조금 망설였지만 그냥 했다. 그걸 감안하더라도 더 싸서.

그런데 뭔가 이상했다. 자세히 살펴보니 11번가 아마존에서 파는 건 『I Seem to Live: The New York Diaries, 1969-2011: Volume 2』가 아니라 『Jonas Mekas: Scrapbook of the Sixties: Writings 1954-2010』였다. 심지어 내가 이미 가지고 있는…. 순식간에 1만 2,000원이 허공으로 사라져 버렸다.

보름 동안 기다린 책도 함께. 카뮈는 같은 날의 일기를 밑도 끝도 없는 "안녕"이라는 인사로 마무리했는데, 이유는 다르지만 나도 같은 말로 오늘의 일기를 끝내야 할 것 같은 기분이다.

안녕.

○ 7월 5일 화요일

예상보다 일찍 약속 장소에 도착했다. 연신내에 있는 중국 음식점이었는데, 한국적인 중식당들과 달리 현지의 맛을 내는 곳이라고 했다. 과연 겉모습부터 범상치 않았다. 정말 중국 지방 소도시에 있을 법한 로컬 음식점처럼 보여서, 먼저 들어가서 기다리기 부담될 정도였다. 나는 중국말을 한마디도 못하니까….

소설가와 영화평론가(이자 출판사 대표)를 만나기로 한 날이다. 먼저 소설가에게 전화를 걸었다. "지돈 씨, 어디예요?" 물으니 독바위라고 했다. 그래서 곧바로 임재철 평론가님에게 전화했는데 통화 중이었다. 어제 약속 장소 문자로 보낸 것에도 답이 없었는데, 설마 안 오시는 건 아니겠지, 생각하고 있는데 멀리서 걸어오는 게 보였다. 잠깐 가게 앞에 서서 이야기 나누는 사이, 정지돈도 와서 같이 들어갔다.

테이블이 여섯 개 남짓, 서른 명이 들어갈까 말까 한 좁은
공간이었는데 벽 전체에 메뉴들이 빼곡하게 붙어 있었다. 대체
로 가격대는 비싸지 않은 편이었다. 뭘 시켜야 하나 한참 고민
하다가 마라탕, 가지튀김, 그리고 류로우판이라는 이름의 돼지
고기 목살 튀김 주문했다. 음식을 기다리고 있으니 어느덧 테
이블이 꽉 찼다. 음식은 무척 맛이 있었다. 임재철 님이 말씀하
시는 내내 지돈 씨랑 둘이 연신 고개를 끄덕이면서도 젓가락
을 입으로 가져가기를 멈추지 못할 만큼….

정치, 사회, 경제, 교육, 영화, 출판, 문학 등에 대한 이야기
가 밑도 끝도 없이 오갔다. 미국과 일본과 프랑스와 기타 여러
나라에 대한 이야기도. 물론 남의 험담도 빼놓을 수는 없다. 기
록을 위해서라도 대화 내용을 여기에 옮기는 게 좋지 않을까
하는 생각이 들지만 벌써 가물가물하다. 솔직히 말하면 별로
기록하고 싶지 않기도 하고. 가라타니 고진이 고등학교 시절
내내 농구만 했는데도 머리가 좋아서 도쿄대학 경제학부에 진
학했다는 이야기를 굳이 써서 뭐하겠는가?

○ 7월 6일 수요일

어린이집 가는 길에 참새 떼를 보았는데, 다른 참새들이

모두 날아간 뒤에도 한 마리만 혼자 남아 서성이고 있었다. 그러자 나윤이가 말했다.

"저 새만 안 날아가네. 심심하겠다."

"조금 있으면 다른 친구들이 또 올 거야. 걱정하지 마."

"아, 정말 좋겠다."

나윤이가 웃었다. 그러더니 금방 걱정스러운 표정이 되었다.

"그런데 다른 친구들이 안 오면 어떡해?"

"그럼 저 새가 다른 친구들한테 가면 되지."

"그런데 다른 친구들이 싫다고 가 버리면 어떡해?"

"그럼 또 다른 친구들이랑 놀면 되지."

"그 친구들도 싫다고 그러면?"

"음… 그러니까 그게…"

아무래도 나윤이는 요즘 친구 관계에 고민이 많은 모양이었다. 어린이집에서 난생처음 만난 친구들이 너무 좋은데, 다른 친구들은 그런 나윤이의 마음을 몰라주거나 받아 주지 않을 때 어떻게 해야 할지 혼란스러운 것 같았다. 그래 어렵지, 아빠도 그건 아직 잘 모르겠어….

문체 연구반 워크숍 마지막 날이어서 끝나고 잠깐 앉아 뒤풀이했다. 처음으로 자기소개를 하고 마스크도 벗었다. 지난

석 달 반 동안 이름도 얼굴도 모른 채 각자가 쓴 글과 읽은 책에 대해 이야기를 나누던 사람들의 이름을 듣고 얼굴을 보는 건 무척 신기하고 놀라운 경험이었다. 나는 늘 책은 혼자 읽는 거라고 생각했고, 이런 식의 워크숍이나 독서 모임에는 대체로 회의적이었는데, 그런 편견을 깰 정도로 좋은 시간들이었다. 모두 감사합니다!

○ 7월 10일 일요일

　　나윤이 재우고 누워서 알라딘에서 책들 구경하다가 요나스 메카스를 검색했는데, 『I Seem to Live: The New York Diaries, 1969–2011: Volume 2』를 오늘 주문하면 내일 받을 수 있다고 나왔다. 전에 주문했다가 취소한 그 책이 도착한 모양이었다. 내가 취소 수수료를 1만 2,000원이나 냈는데도 불구하고 가격은 그때보다 1,500원 정도 더 비쌌다. 환율이 많이 오르긴 한 모양이었다. 그래서 눈물을 머금고 주문했다. 결국 어처구니 없는 실수 때문에 같은 책을 1만 3,500원 더 주고 산 셈이다. 심지어 더 일찍 받을 수도 있었는데….

○ 7월 13일 수요일

엊그제 온 메카스의 두 번째 일기 훑어보다가, 시네마테크 프랑세즈를 방문해서 당시 관장이었던 앙리 랑글루아를 만난 이야기를 발견했다. 1974년 7월 2일의 일기를 메카스는 이렇게 쓴다.

> 랑글 루아와 아침식사. 그는 우리에게 1971~72년의 회계를 어떻게 직접 처리해야 했는지, 그 많은 오래된 영수증들을 어떻게 뒤졌는지, 그리고 얼마나 많은 밤들을 통풍에 시달리며 보냈는지, 그러느라 일전에 툴롱에서 상영한 내 영화를 보러 제 시간에 올 수 없었다는 이야기를 했다.
> 그리고 모든 빚과 관료들과의 싸움에 대해서도. 관료들을 비롯해 영화에 대한 애정이 없는 사람들에 대한 불평도.

생각해 보면 그날 정지돈과 내가 임재철 선생님과 나눈 이야기도 크게 다르지 않았던 것 같다. 임재철 선생님도 서울 시네마테크 원장이었고 리차드 라우드가 쓴 앙리 랑글루아 평전 『영화 열정』을 직접 번역하기도 했으며, 무엇보다 그날 우리가 한 대화의 60퍼센트 이상이 영화에 대한 애정이 없는 사람들에 대한 험담이었으니까. 나머지 40퍼센트는 애정이 있는 사람들에 대한 험담이었고….

○ 7월 14일 목요일

메카스 계속 읽었다. 앙리 랑글루아가 시네마테크 프랑세즈를 위해 그랬던 것처럼, 자신이 설립한 뉴욕 앤솔러지 필름 아카이브의 운영을 위해 분투하던 메카스는 1986년 7월 15일의 일기를 이렇게 시작한다.

> 나는 시인이고 영화 감독이다.
> 하지만 나는 돈 편지(money letter)를 쓰도록 저주받았다.
> 내가 돈 편지를 너무 싫어해서 최소한 한 시간—대개는 더 많이—을 앉아서 나 자신에게 고통스러운 작업을 해야 한다는 사실을 알고 있는지? 앉아서 돈 편지를 쓰거나 돈 전화를 걸 수 있는 마음의 상태로 스스로를 몰아붙이려면 말이다.

돌이켜 보면 첫 번째 권에 실린 1954년 12월의 일기에서도 메카스는 《필름 컬처》를 창간하고 인쇄비를 후원받기 위해 소설가 헨리 밀러를 비롯한 여러 사람들을 찾아다녔다. 아니 그때는 젊기라도 했지. 환갑이 훌쩍 넘은 나이에도 여전히 후원금을 받기 위해 편지와 전화를 해야 하는 메카스의 마음을 생각하니 조금 아득해졌다.

구글에 '앤솔러지 필름 아카이브' 검색했다가 재밌는 기사를 발견했다. 1995년 6월 18일 《중앙일보》였는데, 뉴욕 앤솔러지 필름 아카이브를 소개하는 「지구촌 이색 문화공간」이라는 기획 기사를 최훈 기자는 이렇게 마무리하고 있었다.

> AFA에선 매주 2~3차례씩 이 같은 실험 영화를 상영, 연 2만여 명의 애호가, 학자, 학생, 예술인들이 모여든다.
>
> 그러나 '입장 수입 등 10만 달러를 제외한 나머지 30만 달러는 기업·정부의 기부 등으로 운영하고 유급 직원은 3명뿐'이라고 '실험 정신'의 난관을 호소하는 이곳에선 취재진에게조차 7달러의 입장료를 면제해 주지 못했다.

○ 7월 31일 일요일

이번 달까지 넘기기로 약속한 원고(들 중에서) 두 편을 결국 완성하지 못했다. 지은이가 나윤이 재우는 동안 소파에서 꾸벅꾸벅 졸던 나는 원고를 마감하지 못해서 죄송하다, 약간의 시간을 허락해 주신다면 반드시 좋은 원고로 보답하겠다는 내용의 메일을 두 통 보냈다. 그리고 헨리 데이비드 소로의 일기를 펼쳤다. 월든 호숫가에서 지내며 일종의 무소유의 삶을 살았던 소로는 1852년 7월 30일의 일기를 이렇게 썼다.

한여름이 지나고 나면 우리 모두 게으름뱅이로 지낸 듯한 뒤늦은 후회에 휩싸인다. 마치 중년에 인생의 마지막을 내다보듯이 말이다.

나는 뒤늦은 후회에 휩싸이는 동시에 눈을 가늘게 뜨고 저 앞 어딘가에 있을 인생의 마지막을 내다보며 잠시 생각했다. 언제까지 이런 메일을 써야 할까?

이 일기를 적으며 읽은 일기들의 목록

- 알베르 카뮈, 『여행일기』, 김화영 옮김, 책세상, 2005
- 헨리 데이비드 소로, 『소로의 일기(전성기편)』, 윤규상 옮김, 갈라파고스, 2020
- Jonas Mekas, 『I Seem to Live: The New York Diaries, 1969-2011: Volume 2』, Spector Books, 2021

그 모든 것들을 버리고
나는 무엇을?

네가 말한 모든 것을
기록하고 싶다

○ 8월 1일 월요일

오늘도 안 씻겠다는 나윤이를 설득하느라 저녁 시간이 다 갔다. 겨우겨우 욕실에 데리고 들어가긴 했는데, 거기서도 말을 듣지 않아 지은이가 폭발했다. 내가 교대해서 씻기고 수건 꺼내는데, 욕조 바닥이 미끄러우니 잠깐 기다리라고 했는데도 나윤이가 그새를 못 참고 욕조를 기어오르려다가 가볍게 넘어졌다.

"아빠가 미끄러우니까 가만히 기다리라고 그랬잖아."

그러자 내가 아픈데 지금 무슨 소리를 하는 거냐는 듯한 눈빛으로 나를 보던 나윤이가 말했다.

"나 나쁜 짓 한 거 아니고 그냥 미끄러진 거야. 자꾸 말하지 마."

씻고 나와서도 마찬가지였다. 로션 좀 바르려고 해도 도망가고, 옷도 안 입고, 자자고 하는데 들은 척도 안 하고…. 결국 참다못한 지은이가 이러면 산타 할아버지가 선물 안 주실 것 같다고 했더니 나윤이가 멈칫했다.

"산타 할아버지는 다 알고 계시거든. 근데 나윤이가 말을 안 들으니 선물을 주지 말아야겠다, 하실 거 같아."

"산타 할아버지 안 알고 있을 거야…."

"산타 할아버지가 몰랐으면 좋겠어?"

그러자 울먹이던 나윤이가 고개를 끄덕였다.

"알겠어. 엄마가 나윤이 말 잘 들었으니까 선물 주세요, 하고 산타 할아버지한테 이야기해 줄게."

"오늘도 말 잘 들었다고…."

"응, 오늘도 말 잘 들었다고 해 줄게."

"엄마가 산타 할아버지한테 나윤이 말 안 들었다고 말하면 눈물 날 것 같아."

본인도 말 안 들었다는 사실을 충분히 인식하고 있지만 그게 산타 할아버지에게 알려지는 건 원치 않는다는 부분이 너무 웃겨서 지은이랑 둘이 웃음을 참느라 혼났다. 급기야 나윤이는 자러 들어가면서 "나 오늘 자면서 산타 할아버지가 안 알고 있다고 생각하는 꿈 꿀 거야"라고 하기도 했다.

집 안 정리하고 씻고 나오니 어느덧 열두 시가 다 됐다. 일은 언제 하지?

○ 8월 6일 토요일

생각해 보니 어제 나윤이에게 『곰들의 정원』 읽어 줬던 것을 까먹고 일기에 적지 않았다. 아기 곰이 할아버지 곰들과 함께했던 유년 시절의 정원을 돌아보는 이야기인데, 어느덧 다 큰 아기 곰이 여기에 너무 많은 추억이 있다고, 나의 정원은 사라지지 않고 늘 거기에 있다고, 그리고 이제는 안다고, 그것을 떠나는 일도 더는 두렵지 않다고 말하는 마지막 장면에서 나윤이가 나를 보며 물었다. "왜 떠나는 거야?" 그래서 음, 뭐라고 대답해야 하나 생각하다가 "이제 나이를 먹어서 할아버지의 정원을 떠나 자기 정원을 찾아가는 거야"라고 말해 주었다. 알아들을 거라는 기대는 하지 않으면서. 그러자 나윤이가 말했다. "나는 나중에 커서도 혼자 떠나면 조금 무서울 거 같아. 아빠, 나랑 같이 갈래?"

주말은 늘 정신이 없다. 나윤이랑 놀아 주고 밥 먹고 정리하고 놀아 주고 그러다 보면 또 밥 먹을 시간이 오고 정리하고 놀아 주고 그러는 내내 나윤이는 무언가를 요구하고 요구하고 또 요구한다⋯. 오늘도 마찬가지였다. 그럴 때면 종종 너새니얼 호손의 『줄리언』이 생각난다. 아내가 첫째와 막내를 데리고 3주 동안 집을 비운 탓에 졸지에 둘째를 전담하게 된 호손이 쓴 일종의 육아 일기다. 호손은 혼자 아이를 본 지 이틀째 되는 날인 7월 29일의 일기에 이렇게 쓴다. "주저 없이 이렇게 말할 수 있다. 이 녀석에게서 벗어날 수만 있다면 얼마나 좋을까?" 다음은 8월 3일의 일기. "평소에 비해 요즘 내 인내심이 줄었거나 아니면 이 악동이 요구하는 게 더 많아졌거나 둘 중 하나다." 8월 5일에는 아이의 끝없는 질문을 참다못해 "그러다 인내심이 한계에 도달하여 바보 같은 질문은 그만해 달라고 부탁한다. 난 진심으로, 엉덩짝을 때려서라도 그 버릇을 고쳐야 옳다고 생각한다"라고 썼고, 8월 10일에는 "이제 아이는 흔들목마를 타고 놀면서, 할 수 있는 한 가장 빠르게 혀를 움직이며 나에게 말을 건다. 아이의 말에 이렇게 시달려 본 사람이 있을까. 저를 축복하소서!"라고 쓰기도 했다. 이해한다. 그리고 동시에 "할 수만 있다면 줄리언이 말한 모든 것을 다 기록하고 싶다"라거나 "이번만은 진정으로 말하건대, 줄리언은 제게 둘도 없이 사랑스럽고 귀여운 아이이며, 제가 할 수 있는 것을 모두 해 주고 싶을 만큼 사랑하는 아이랍니다. 감사합니다, 하느님! 이 아이를 축복해 주십시오!"(모두 8월 10일)라고 하는 마음도 이해할 수 있다.

솔직히 이 책을 처음 읽었을 때만 해도 호손의 엄살이 심하다고 생각했다. 이제는 아니다.『줄리언』은 세상에서 가장 진실한 기록이고 너새니얼 호손은 미국 문학의 아버지다….

○ 8월 15일 월요일

점심 먹고 지은과 나는 아이스커피 마시고 나윤이는 주스 줬다. 그러다 냉장고에 붙여 놓은 타요 스티커를 보던 나윤이가 말했다.

"우리 집에 루키는 없잖아."

루키는 타요에 나오는 경찰인데, 이럴 땐 보통 "없으니까 사자!"라는 말이 이어지게 마련이어서 내가 먼저 선수를 쳤다.

"루키는 없는데 루키 노래는 있어. 나윤이 애기 때 진짜 많이 들었는데 기억 안 나?"

"응. 루키 노래도 있어? 아빠 핸드폰에 있어?"

"틀어 볼까?"

"응! 루키 노래 틀어 줘!"

그래서 레드벨벳 〈루키〉를 틀어 줬다. 나윤이가 아직 말도 못하고 제대로 걷지도 못하던 시절에 우리는 아이를 보며 노래를 많이 들었는데, 그때 지겹게 듣던 노래들 중 하나가 바로 레드벨벳 노래였다. 그땐 '덤덤' 전주만 나와도 어깨를 들썩이던 나윤이는 난생처음 듣는다는 듯 "이거야? 루키는 언제 나오는 거야?" 묻더니 "루키 루키 마이 슈퍼 루키 루키" 하는 가사가 나오니 그제야 웃었다.

시간은 흐르고 나윤이는 자라고 마감은 돌아온다. 너무도 빠르게….

○ 8월 19일 금요일

어제도 새벽 네 시 넘어서 잤다. 글을 쓰다가? 아니 글을 써야 한다는 생각에 괴로워하다가. 아침에 짜증 내는 나윤이 목소리에 잠에서 깼다. 오늘도 나윤이는 씻기를 거부해서 할머니를 애먹이고 있는 모양이었다. TV 한 개만 더 보고 씻겠다고 했다가 갑자기 사탕을 먹고 싶다고 했다가 시리얼을 달라고 해서 결국 줬다. 전형적인 지연 행위 아닌가 하는 생각과 함께 '왜 그렇게 씻기를 싫어하지?' 하는 순수한 궁금증이 들었다. 나윤이는 아마 이렇게 생각하지 않을까. 왜 그렇게 글쓰기를 싫어하지, 아빠는? 문득 호손의 첫째 딸 우나가 했다는 말이 떠올랐다. "만약 아빠가 글을 쓰지 않았다면, 얼마나 좋을까." 그러게. 정말 그랬다면 한층 홀가분한 마음으로 훨씬 잘 놀아 줄 수 있었을 텐데.

○ 8월 22일 월요일

어느새 아침 공기가 선선했다. 나윤이 어린이집까지 걸어서 데려다주면서 이런저런 이야기 나누니 좋았다. 비록 마음은 일 생각으로 부산스럽긴 했지만….

"나윤아 선선하다, 그치? 가을이 오나 봐."

"그렇지, 가을이 오면 매미들이 죽어서 떨어지잖아."

이것 말고도 기록해 두고 싶은 나윤이의 말들이 너무 많은데 도통 기억이 나지 않는다. 나라는 생명체의 시스템 리소스의 대부분을 일이 차지하고 있어서 나윤이와의 일화가 들어올 자리가 없다는 게 요즘 가장 속상한 일이다.

○ 8월 23일 화요일

아침에 지은이가 깨웠다. 나도 모르게 아아아아… 바람 빠지는 풍선처럼 절망적인 소리를 냈다. 오늘도 새벽 다섯 시 넘어서 잤다. 원고는 좀처럼 진도가 나가질 않는다.

나윤이 어린이집 데려다주고 작업실 왔다. 원고를 쓰는 와중에도 계속 처리해야 하는 자잘한 메일과 문자가 왔다. 시간은 흐르고, 원고는 써지질 않고, 그러다 갑자기 화가 났다. 아무도 잘못한 사람이 없다는 건 아는데, 그래서 더 화가 나는 것 같았다. 이제 정말 발등에 불이 떨어진 걸 넘어 발목까지 활활 타오르고 있었고, 이대로라면 하얗게 타 버리는 것도 시간문제였다. 별수 없이 작업실에서 밤새서 일하겠다고 지은에게 말하고 허락받았다. 살려면 어쩔 수가 없다.

○ 8월 24일 수요일

피를 마구 토하는 꿈을 꿨다. 놀라지는 않고, 드디어 올 것이 왔구나 하는 생각이 들었다. 에어컨을 켜고 잔 것도 아닌데 등이 시려서 아침에 깼다. 간이 침상 같은 침대여서 등으로 찬 바람이 숭숭 들어왔다. 대충 냉장고에 들어 있던 것들로 밥 먹고 곧바로 원고 시작했다. 꾸역꾸역, 꾸역꾸역…. 어제부터 계속 일 모드라서 그런가? 아니면 진짜 더 이상 도망칠 곳이 없어서? 이유야 뭐가 됐건 톱니바퀴가 돌아가기 시작했다.

밤늦게 집으로 돌아가는 길. 마무리까지 했으면 좋았겠지만 그건 아니었고, 그래도 집에 가서 새벽까지 조금만 더 하면 끝낼 수 있을 것 같았다. 다행이다 싶으면서도 한편 쓸쓸하기도 했다. 일을 하기 위해서는 내가 사랑하는 사람들과 떨어져 있는 시간이 필요하다는 생각이 들어서 더 그랬다. 메이 사튼은 8월 어느 날의 일기를 이렇게 썼다.

고독이 하나의 도전이며 그 안에서 균형을 유지하는 것은 위태로운 일이라는 것은 분명하다. 그러나 내게는 사람들과, 심지어 사랑하는 한 사람과도 얼마만큼의 시간이든 고독 없이 함께 지낸다는 것은 훨씬 더 안 좋은 일이라는 것을 잊지 말아야 한다. 나는 내 중심을 잃어버리는 것이다. 나는 흐트러지고, 조각나서 흩뿌려져 있는 것 같은 기분이된다. 어떠한 사건이든 그것에 대해서 곰곰이 생각해 보고, 그것의 즙액을, 그 에센스를 추출해 내고, 그 결과로서 정말로 내게 일어난 것이 무엇인가를 이해하기 위해서 나는 혼자만의 시간을 가져야 한다.

그 말은 맞다. 하지만 동시에 사랑하는 사람들과 동떨어진 나의 중심을 찾는 게 무슨 소용일까. 그 모든 것들을 버리고 나

는 무엇을 얻고 있는 걸까? 자문해 보지만 좀처럼 답을 할 수
가 없다.

이 일기를 적으며 읽은 일기들의 목록

- 너새니얼 호손·폴 오스터, 『줄리언』 장현동 옮김, 마음산책, 2014
- 메이 사튼, 『혼자 산다는 것』 최승자 옮김, 까치, 1999

가
을.

Autumn

마흔둘의 생일이
이렇게 지나간다

나에게 필요한 것은
그 옛날의 박력

○ 9월 2일 금요일

"아 맞아! 오늘 아빠 생일 아니야?"

아침에 일어나자마자 나윤이가 나를 보며 물었다.

"두 밤 자면 생일이라고 했는데 두 밤을 잤잖아."

할머니가 나윤이에게 "아빠 생일 선물 주기로 했잖아, 뭐였지?" 물으니 나윤이가 "아빠 생일 축하해요" 하면서 두 손바닥으로 턱을 받쳤다.

"나윤이가 생일 선물이에요."

몇 년 만에 중학교 친구에게 연락이 왔다. 생일 축하한다고 해서 나도 생일 축하한다고 했다. 나와 생일이 똑같은 친구

였다. 두 돌쯤 되어 보이는 딸 동영상을 보내며 이렇게 산다고
하길래 나도 나윤이 동영상을 보내 주며 이렇게 산다고 했다.
친구 딸이 친구를 너무 닮아서 조금 놀랐다. 친구도 나와 나윤
이를 보며 놀랐다. 삶의 궤적이라는 게 어린 시절에는 서로 비
슷비슷한 것 같다가 어느 순간 달라지더니, 나이를 먹으며 또
다시 엇비슷해진다는 생각을 했다.

　오전에는 출판사에 다니는 친구 K가 문자를 보내 마거릿
애트우드 새 책에 추천사를 써 줄 만한 여성 시인을 혹시 모르
냐고 물었다. 오후에는 또 다른 친구 H가 문자를 보내 정지돈
작가론은 잘 쓰고 있냐고 물었다. 서면 인터뷰를 하기로 한 잡
지에서도 메신저로 인터뷰 질문지를 보냈다. 모두 저마다의 용
무로 내게 말을 걸었다가, 어느 순간 내가 생일이라는 걸 뒤늦
게 알게 되어 축하와 함께 이런저런 기프티콘을 보내 주었다.
감사합니다, 하필 이런 날 제게 말을 걸어 주셔서….

　나윤이 어린이집 데려다주고 작업실 가는 길에 에고 서칭
하는데, 누군가 오늘 올린『그래서... 이런 말이 생겼습니다』리
뷰가 있었다. 이럭저럭 읽어도 나쁘지는 않을 테지만 읽으며
하나도 남지 않는 책이라며, 읽히다가 잊히는 책은 불쏘시개일
뿐이니 누구나 스스로 저마다 마음을 짓도록 북돋우는 햇볕
같은 글을 쓰기를 바란다는 내용이었다. 나는 생각했다. 본인

은 어떠신지? 햇볕 같은 글은커녕 그 글을 본 내 기분은 축축하기만 한데.

오후에 지은에게 전화가 왔다. 어린이집에서 연락이 왔는데, 나윤이가 피곤하다며 자꾸 누워 있어서 열을 재 보니 38도라고 했단다. 일단 할머니가 병원에 데리고 가는 중이라고 해서, 나도 얼른 정리하고 집으로 출발했다.

마음은 무거운데 날씨는 좋았다. 현관을 열고 들어가자 소파에 누워 TV를 보던 나윤이가 희미하게 웃었다. 열이 올라 얼굴이 벌겋다. 병원에서는 목이 조금 부었다는데, 혹시나 싶어 코로나 검사를 하려고 했지만 나윤이가 울며불며 안 하겠다고 해서 못했다고 했다. 약 먹고 조금 괜찮은가 싶더니 머리가 아프다고 했다. 어린이집에서 밥도 못 먹었다고 해서 미역국에 밥 말아 주는데 한 입 먹더니 못 먹겠다고 울었다. "아빠 생일 못 할 것 같아, 케이크도 못 먹겠어" 하면서 눈물을 뚝뚝 흘리는데 가슴이 미어졌다.

지은이가 조퇴하고 와서 같이 코로나 자가 검진했다. 음성. 나윤이도 조금 자고 일어나더니 조금씩 나아지는 것 같았다. 밥 먹고, 약 먹고, 포도 먹고, 해바라기씨도 먹고 나니 이제 좀 괜찮아졌는지 아빠 생일 축하해야 한다고 해서 케이크에 촛불을 켰다. 그렇게 케이크도 먹고, 복숭아 젤리까지 먹었다.

아이는 정말 종잡을 수가 없다. 금방이라도 앓아누울 것 같더니 어느새 회복되어 언제 아팠냐는 듯이 쉬지 않고 종알종알 종알… 어찌나 다행인지!

원래 생일 계획은 나윤이 재우고 지은이랑 둘이 샴페인이라도 마시면서 오붓한 시간을 보내는 것이었는데. 일단 나윤이가 저녁잠을 자서 늦게야 잠들었고, 지은이도 피곤했는지 나윤이 재우면서 같이 잠들었다. 나는 혼자 식탁에 앉아 인터뷰 답변지를 작성했다. 그리고 책장에서 다른 사람들의 일기를 꺼내그들은 생일을 어떻게 보냈는지 찾아보았다.

조지 오웰(1903년 6월 25일 출생)

오웰은 자연을 사랑했다. 자연스럽게 일기에도 자연 이야기가 많이 등장한다. 생일이라고 다르지 않다. 서른여섯 살의 생일에는 사루비아, 금잔화, 돌나물이 등장하고 마흔세 살의 생일에는 들장미, 개박하, 디기탈리스, 버섯, 무, 상추가, 그리고 마흔네 살의 생일에는 딸기 화단, 소 떼, 암탉과 달걀의 생산량에 대한 짧은 고찰이 있다. 제2차 세계대전이 발발한 1940년의 생일은 예외다. 서른일곱 살의 오웰은 이렇게 쓴다.

간밤 새벽 한 시쯤 공습경보가 울렸다. 런던에 대해서라면 그건 잘못된 경보였다. 하지만 분명 어딘가에서는 공습이 있었다. 우리는 잠에서 깨 옷을 입었다. 하지만 대피소에 가지는 않았다. 모두가 그랬다. 그러니까, 그냥 일어나서 이야기나 나눴다는 말이다. 그건 바보처럼 보인다. 하지만 경보를 듣고 일어났는데 정작 총성이나 다른 소란은 없다 면 대피소에 가기는 머쓱한 일이다….

안네 프랑크(1929년 6월 12일 출생)

세계에서 가장 유명한 일기 중 하나일 안네의 일기는 1942년 6월 12일 열세 번째 생일에 선물로 일기장을 받으며 시작한다.

앞으로 너에게 모든 것을 다 털어놓을 수 있었으면 좋겠 어. 지금까지 내가 알던 그 누구보다 더 가까운 사이가 되 었으면 해. 너를 든든하게 의지할 수 있기를 진심으로 바 란단다.

얼마 후인 7월 6일 나치의 손길이 뻗쳐 오자 안네의 가족 은 미리 마련해 두었던 은신처에 들어갔다. 처음엔 모두들 몇 달이면 전쟁이 끝날 거라고 생각했지만, 안네는 그곳에서 열네 번째 생일과 열다섯 번째 생일을 맞는다. 얼마 후 누군가의 밀고로 체포되어 가족과 함께 수용소로 보내진 안네는 결국 열여섯 번째 생일을 맞이하지 못했다.

요나스 메카스(1922년 12월 24일 출생)

미국의 전설적인 독립영화 감독 메카스는 1950년에서 2011년까지 60년 넘는 시간 동안 일기를 썼지만, 생일에 쓴 일기는 많지 않다. 그나마도 생일에 대한 언급은 없다. 서른여덟 살의 생일에 동료와 카메라 감독을 기용하는 일을 두고 다툰 메카스는 일기에 이렇게 쓴다.

지금은 완벽한 책을 쓰거나 완벽한 영화를 만들 때가 아니다. 지금은 닳고 닳은 기술들, 이름들, 주제와 형식들에서 벗어날 때다. 그건 고명하신 기술과 이름들에 정중한 존중을 보내면서가 아니라 가볍게 무시해야만, 심지어 그들의 코앞에서 비웃어야만 할 수 있는 일이다! (…) 우리는 우리의 움직임과 리듬과 빛과 기술을 찾을 것이다. 우리는 아무것도 빌리지 않을 것이다. 우리는 그만큼 오만하다.

버지니아 울프(1882년 1월 25일 출생)

서른여덟 살이 된 울프는 10년 전보다 지금이 훨씬 더 행복하다고 쓴다. "새 소설의 새로운 형식에 대한 생각이 떠올랐기 때문에". 하지만 마흔여덟 살의 울프는 그렇지 않다. 습하고 바람 부는 언덕 위에서 만난 울고 있는 여우를 묘사하던 울프는 이렇게 쓴다.

> 나는 아직 내 방에서 자연스럽게 글을 쓸 수 없다. 왜냐하면 책상 높이가 불편하고, 손을 녹이기 위해서는 허리를 구부려야 하기 때문이다. 모든 것은 내가 익숙해 있는 것에 완전하게 일치해야 한다.

쉰여덟 살의 울프는 절망의 순간이, 말이 꽁꽁 얼어붙은 것 같던 불안한 시간이 황홀경으로 바뀌는 순간에 대해 쓴다. 그리고 자문한다.

> 내가 두 개의 골칫거리를, 즉 내 소설과 『애보츠포드의 개스(Gas at Abbotsford)』(오늘 인쇄에 들어간다)를 집어던진 덕분에, 다시 아이디어들이 밀려들었기 때문인가?

쉰아홉 살의 울프는 여전히 낙담을 상대로 투쟁한다. 《하퍼스》가 울프의 소설을 거절했지만, 부엌 청소와 또 다른 원고로 실망을 이겨 내며 이렇게 쓴다.

이 절망의 골짜기가 나를 집어삼키게 해서는 안 된다고 다짐한다. 고독은 거대하다. 나에게 필요한 것은 그 옛날의 박력이다.

루트비히 비트겐슈타인(1889년 4월 26일 출생)

제1차 세계대전 때 자원입대한 비트겐슈타인은 전장에서 지금까지 그가 만나 왔던 사람들과는 전혀 다른 동료 병사들 사이에서 부대끼며 현대 철학의 역사에서 가장 중요한 책으로 꼽히는 『논리철학논고』를 작업한다. 스물여섯 살의 일기는 딱 한 줄이다.

작업하고 있다. 그 외에 내 업무는 대단히 불만족스럽다.

이듬해의 일기는 조금 더 길다.

포병 장교들이 나를 꽤 마음에 들어 하는 것 같다. 그래서 여러 가지 불편한 일을 피할 수 있다. 신이시여, 감사합니다. 당신의 의지대로 이루어지소서! 당신의 길을 가도록 하십시오! 당신의 의지가 이루어지소서!

롤랑 바르트(1915년 11월 12일 출생)

1977년 10월 25일 사랑하는 어머니를 잃은 바르트는 일기를 쓰기 시작했다. 노트를 사등분해서 만든 쪽지 위에 쓴 짧은 일기를 바르트는 책상 위의 작은 상자에 모아 두었다. 쪽지는 30년 후에야 세상에 공개되었다. 어머니를 잃고 처음 맞은 생일의 일기를 62세의 바르트는 이렇게 쓴다.

오늘은 나의 생일. 몸이 아프다. 그러나 나는 이제 그걸 그녀에게 말할 필요도 없고, 말할 수도 없다.

수전 손택(1933년 1월 16일 출생)

촉망받는 젊은 학자이자 어린 아들을 둔 엄마였던 수전 손택은 스물네 번째 생일을 하루 앞둔 1957년 1월 15일의 일기를 이렇게 쓴다.

24세의 규칙과 의무들

1) 자세를 더 곧게 하라.

2) 일주일에 세 번 엄마에게 편지하라.

3) 더 적게 먹어라.

4) 적어도 하루에 두 시간은 글을 써라.

5) 브랜다이스나 돈 문제로 공공연히 불평하지 마라.

6) 데이비드에게 읽기를 가르쳐라.

손택은 늘 자신에게 엄격했다. 주목받는 작가였던 손택이 1965년 1월 16일 서른두 번째 생일에 쓴 일기를 보라.

난 내가 불완전하기 때문에 매력도 없고 사랑받지도 못한다고 생각한다. 잘못된 건 나라는 사람 자체가 아니고, 내가 '그 이상'이 못 된다는 사실이다. (더 감응하고, 더 살아 있고, 더 너그럽고, 더 사려 깊고, 더 독창적이고, 더 민감하고, 더 용감하고 등등.)

다음은 서른여덟 살 생일인 1971년 1월 16일의 일기.

자존감의 위기. 무엇이 나에게 강한 느낌을 주나? 사랑과

일에 빠져 있기. 일을 해야만 한다. 자기 연민과 자기 경멸에 시들어 가고 있다.

문득 내 지난 생일의 일기들을 돌아보면 어떨까 하는 생각이 들었지만 그렇게 하지는 않았다. 두렵기 때문일까? 글쎄, 그보다는 지겹기 때문인 것 같다. 마흔두 살의 생일이 이렇게 지나간다.

이 일기를 적으며 읽은 일기들의 목록

- George Orwell, 『The Orwell Diaries』, Penguin Classics, 2010
- 안네 프랑크, 『안네의 일기』, 배수아 옮김, 책세상, 2021
- Jonas Mekas, 『I Seem to Live:The New York Diaries 1950-1969: Volume 1』, Spector Books, 2019
- 버지니아 울프, 『어느 작가의 일기』, 박희진 옮김, 이후, 2009
- 루트비히 비트겐슈타인, 『전쟁 일기』, 박술 옮김, 읻다, 2016
- 롤랑 바르트, 『애도 일기』, 김진영 옮김, 걷는나무, 2018
- 수전 손택, 『다시 태어나다』, 김선형 옮김, 이후, 2013
- 수전 손택, 『의식은 육체의 굴레에 묶여』, 김선형 옮김, 이후, 2018

상금이라도 받지 않으면
못 견딜 자리

내가 '노벨상 가능자'인
것은 사실이다

○ 9월 30일 금요일

토마스 베른하르트는 언젠가 이렇게 썼다. "시상식이란, 상이 주는 돈만 아니라면 이 세상에서 가장 견디기 힘든 고역이다." 그는 작가 생활 동안 몇 번의 문학상을 탔는데, 『비트겐슈타인의 조카』에서 1968년 수상한 오스트리아 국가상 시상식을 이렇게 묘사한다.

이런 시청과 강당 안에서 남들이 내게 똥물을 뿌리도록 놓아두었다. 상이란 한 사람에게 똥물을 뿌리는 행위 이상은 아무것도 아니기 때문이다. 상을 받는다는 것은 남들이 내 머리 위에 똥물을 뿌리도록 허용한다는 뜻이다. 그렇게 하면 상금이 지불되니까.

오늘 나는 동양서림 이 층 위트앤시니컬 안에서 남들이 내게 똥물을 뿌리도록 놓아두었다. 심지어 상금도 없이. 제8회 김현문학패 소설 부문 수상자로 선정된 정지돈을 대신해서 상을 받는 자리였던 것이다.

처음 대리 수상을 부탁받았을 때는 대수롭지 않게 생각했다. 일단 수상 작가 작가론을 내가 썼고. 다른 소설가 친구가 대신 받는 것보다는 소설가 아닌 내가 받는 게 더 자연스러운 것 같기도 하고. 무엇보다, 깊게 생각할 것 없이 그냥 3단계면 끝나는 일 아닌가? 코끼리를 냉장고에 넣기 위해서는 냉장고 문을 열고, 코끼리를 넣고, 냉장고 문을 닫으면 되는 것처럼.

1) 시상식장에 간다.
2) 상을 받는다.
3) 집으로 돌아온다.

물론 내가 틀렸다. 이게 다 상을 받아 본 적이 없어서다. 사실 3단계면 끝나는 게 맞긴 하다. 그 사이사이에 놓인 민망하고 귀찮은 자질구레한 일들을 제외한다면….

　일단 시상식장에 때맞춰 가는 것부터 문제였다. 나윤이 데리고 소아과 들렀다가, 은평 작업실 가서 필요한 것 챙겨서 일산 집으로, 그리고 다시 운전해서 나윤이랑 어머님을 안산 처가에 모셔다드리고, 지하철 타고 시상식장이 있는 대학로에 가야 하는 일정. 그 후에 다시 집으로 가야 했지만 거기까지는 생각할 여유가 없었다.

　운전해서 작업실 가는 길에 지돈 씨한테 전화가 왔을 때만 해도 괜찮았다. 오늘이 그날이라 전화했다며 고맙고 미안하다고 해서, 무슨 말이냐고, 나의 기쁨이라고, 다 됐고 뉴욕은 어떻냐고 했더니, 정연 씨가 없는 뉴욕은 아무 의미도 없다고, 하루빨리 돌아가고 싶은 마음뿐이라고, 여기 사람들은 도무지 말이 안 통한다며 너스레를 떨었다. 그때 전화기 너머로 일상적인 소음들이 들렸다.

　"혹시 지금 이게 뉴욕의 사운드인가요?"

　그러자 정지돈이 한층 밝아진 목소리로 대답했다.

　"그렇죠, 들리나요? 뉴욕의 소리가. 근데 지금 길거리는 아니고 카페에 있는데 여기가 무슨 카페냐면 밥 딜런이 단골인 완전 유서 깊은 카페예요. 여기 또 누가 단골이냐면… (이하 생략)."

서두른 덕에 세 시 이십 분쯤 지하철을 탈 수 있었다. 대학로까지는 두 시간 조금 안 걸렸다. 여유 있게 도착해서 동양서림으로 들어갔는데, 김정환 선생(시인, 69세)이 책을 구경하고 있었다. 2018년에 출간된 내 책 『아무튼, 택시』에서 김정환 선생과의 에피소드를 조금 유머러스하게 쓴 적이 있는데 그 후로 처음 마주치는 것이었다. 나는 슬쩍 고개 숙여 인사한 다음, 얼른 이 층으로 올라갔다. 어쩌면 오늘 시상식이 생각만큼 만만하지 않을지도 모르겠다는 생각이 그제야 들었다. 바보….

시상식장에서는 좋은 소식과 나쁜 소식이 나를 기다리고 있었다. 좋은 소식은, 스무 명 남짓한 규모로 치러지는 시상식이라 사람이 많지 않다는 것이었다. 나쁜 소식은, 그중 절반은 나와는 조금은 어색한 사이인 '선생님'들이고 나머지 절반은 시 부문 수상자인 신해욱 시인의 내가 모르는 지인들이라는 것이었다.

들어가자마자 이인성 선생(소설가, 70세)이 있어서 꾸벅 인사했다. 이인성 선생이 허허 웃으며 물었다. "근데… 누구시더라?" 내가 이름을 말하자 이인성 선생이 말했다. "아, 금정연 씨! 어떻게 지내시나? 요즘도 맨날 글 쓰고 그러고 있나?"

어느 하나 마음 붙일 곳 없는 상황에서 L선생(평론가 겸 출판사 대표)과 K선생(평론가 겸 교수) 사이에 끼어 앉아 있으려니 정말이지 상금이라도 받지 않으면 못 견딜 자리라는 생각이 들었다. 지돈 씨에게 상금을 떼어 달라고 해 볼까?

시상식이 시작되고 얼마 지나지 않아 강보원(시인 겸 평론가)과 나일선(소설가)이 왔다. 얼마 후에는 김유림(시인)도 왔다. 너무 반가워서 눈물이 나올 지경이었다.

"정연 씨, 수상자 손님 세 명까지 데리고 올 수 있다니까 보원 씨랑 유림 씨랑 일선 씨 연락해서 같이 가요."

처음 대리 수상을 부탁하며 지돈 씨가 말했을 때까지만 해도 내가 상을 받는 것도 아닌데 손님들을 부를 필요가 있나? 그냥 혼자 가서 얼른 상만 받고 오면 되는 거 아닌가? 생각했는데. 이제야 그의 깊은 뜻이 이해가 됐다. 동시에 어떤 자리인지 뻔히 알면서도 내게 부탁했다는 사실이 조금 괘씸하기도 했고….

다행히 식은 빠르게 진행됐다. 상패를 받고 신해욱 시인이 수상 소감을 말하려는데, 자리에 앉아 있던 이인성 선생이 "마스크는 벗고 합시다"라고 말했다. 다음은 내 차례였다. 나는 쭈뼛쭈뼛 단상에 올랐다. 마이크 앞에 서자, 이인성 선생이 마스크를 벗으면 좋겠다고 했다. 나는 대리 수상이니 그냥 마스크를 쓰고 하겠다고 했다. 그리고 말했다.

"뉴욕에 간 정지돈 작가를 대신해 수상 소감을 말씀 드리

겠습니다. 제가 정지돈 작가를 두 번째로 본 건 2013년 문학과 사회 신인상 수상식장이었는데요, 그곳에서 멋진 재킷을 입은 정지돈 작가가 앞에 나와 준비한 소감을 읽겠습니다, 라고 말하고 품에서 주섬주섬 종이를 꺼내 소감을 읽었습니다. 그럼 준비한 소감을 대신 읽겠습니다."

그리고 지돈 씨가 전에 내게 선물한 재킷의 품에서 주섬주섬 종이를 꺼내 소감문을 읽는데, 생각보다 훨씬 길었다. 읽으면서도 이걸 끝까지 읽어야 하나? 하는 생각이 들 정도였다. 그렇지만 다시 생각하니 이렇게 모든 사람을 지루하게 만들면서 긴 소감을 읽는 행위에는 무언가 내가 한 번도 생각하지 못했던 의미가 있는 것 같다는 생각이 들기도 했다. 그게 뭔지는 나도 잘 모르겠지만….

그리고 사진 촬영이 이어졌다. 대리 수상자가 사진도 대신 찍어야 한다는 사실은 그때 처음 알았다. 수상자들끼리 찍고, 관계자들과 함께 찍고, 지인들과도 찍고…. 이인성 선생이 슬쩍 마스크를 벗겨서 억지웃음을 짓느라 혼났다. 꽃다발도 받았는데 기분이 조금 이상했다. 살면서 누군가에게 꽃다발을 받은 적은 정말 손에 꼽는데 그중 한 번이 오늘이라니.

곧이어 뒤풀이 자리로 이동했다. 길바닥에 선 채로 가야 하나 말아야 하나 잠시 고민하다가, 손님들도 왔는데 밥도 안 먹일 순 없지 생각하며 느릿느릿 무거운 발걸음을 옮겼다. 초등학교 맞은편에 있는 한옥으로 된 한정식집 같은 곳이었는데, 다른 분들이 먼저 자리를 잡고 있었다. 사장님이 테이블이 모자라서 세 분은 저쪽 방으로 가셔야 한다고 해서 "어이쿠, 그럼 저희가 가야겠네요" 하고 일행과 함께 얼른 옆방으로 갔다. "아니 그래도… 그렇게 다 가?" 이인성 선생이 말했다. "그게 맞지 않을까요, 선생님?" 내가 말했다.

작은 방에 우리끼리 모여 앉으니 긴장이 풀렸다. 그제야 아직 한 끼도 못 먹었다는 사실이 떠올랐다. 음식은 무척 맛있었다. 일행들과 정겹게 이야기 나누며 맛있는 음식을 먹으니 조금씩 기분이 좋아지기 시작했다. 그러면서 정지돈에 대한 원망도 눈 녹듯이 사라졌다. 그렇다고 상금에서 내 몫을 요구해야겠다는 생각까지 사라진 건 아니지만….

그때부터는 의외로 즐겁게 보냈던 것 같다. 선생들은 대부분 귀가하시고 유림·보원·일선이랑 다른 시인분들과 함께 옮긴 자리도, 택시가 잡히지 않아 편의점에서 주전부리를 사들고 위트앤시니컬로 돌아갔던 것도 모두 재미있었다. 어쩌다 우연히 『어린이의 마음으로』라는 앤솔러지에 내가 쓴 시 이야기가 나왔고, 마침 위트앤시니컬은 시 전문 서점이었고, 말릴 틈도 없이 신해욱 시인이 내 시를 낭독했던 일에 대해서는 뭐라고 말해야 할지 모르겠다. 처음에는 귀를 막고 창문으로 뛰어내리고 싶은 심정이었지만, 동시에 무척 영광이기도 했다. 그렇다고 창문으로 뛰어내리고 싶은 마음이 줄어들지는 않았지만….차마 '시'라고 할 수 없어 파일명에 'ㅅ'이라고만 적었던 내 시 아닌 시도 시인이 읽으니 제법 그럴듯하게 들린다는 사실이 조금 놀랍게 느껴졌다.

○ 10월 6일 목요일

미셸 트루니에는 어느 10월의 일기를 이렇게 썼다.

해마다 10월 초순이 되면 언론은 그해의 노벨 문학상에 대한 예측에 골몰한다. 그리고 매년 그렇듯이 내 이름이 거명된다. 내가 '노벨상 가능자'인 것은 사실이다. 그렇지만 노벨상은 절대로 '노벨상 가능자'에게 돌아가지 않는다는 것 또한 사실이다. (중략) 사실 그 유명한 상을 받는다는 것은 필경 무시무시한 일일 것이다. 그렇게 되면 가면을 쓰는 꼴이 되어 버린다. 그 상을 받고 나면 내 말은 내가 하는 말이 아니라 노벨상이 하는 말이 된다. 내가 손에 쥐고 재미있게 놀기도 하고 또 세상 사람들을 재미있게 해 주기도 하는 이 가벼운 붓은 그만 무거운 몽둥이로 변해 버릴 것이고, 나는 그걸 가지고 나 자신도 모르는 사이에 무겁고 살인적인 무기인 양 휘두르게 될 것이다.

트루니에는 결국 노벨 문학상을 받지 못했으니 다행이라고 해야 할까. 올해 노벨 문학상은 아니 에르노가 수상했다. 노벨 문학상을 받은 열일곱 번째 여성 작가다. 역대 수상자 118명 중에 단 16명만이 여성이었다는 뜻이다. 프랑스 작가로는 열여섯 번째, 프랑스 여성 작가로는 최초다. 에르노는 "문학이 즉각적인 영향을 줄 수는 없겠지만, 그럼에도 불구하고 여성과 억압받는 사람들의 권리를 위한 투쟁을 이어 가야 한다는 필요성을 느꼈다"라고 수상 소감을 밝혔다. 나는 잠시 내가 만약 노벨 문학상을 수상한다면 뭐라고 말할지 생각해 보았다. 그러니까 내 말은, 내가 만약 노벨 문학상을 '대리' 수상한다면 말이다.

이 일기를 적으며 읽은 일기들의 목록

• 미셸 투르니에, 『외면일기』, 김화영 옮김, 현대문학, 2004

이런 어린이가
어디 있냐

진짜 걱정은 어른들의
얼굴 높이에 있다

○ 11월 1일 화요일

눈뜨자마자 나윤이 열이 내렸을까 안 내렸을까 하는 생각부터 들었다. 확인해 보니 반반이었다. 열이 내렸지만 완전히 내리진 않았고, 두통도 조금 나았지만 다 낫지는 않았다. 해열제부터 먹였다. 앓는 소리 하면서 엄마한테 딱 붙어서는 약 조금 먹고 물 마시고 약 조금 먹고 물 마시고 했다. 맛이 없는 모양이었다. 그러면서도 안 먹겠다고는 안 하는 걸 보면 대견하다. 이걸 먹어야 낫는다는 걸 아니까 참는 거겠지.

"나 아프니까 가지 마."

출근하는 엄마한테 나윤이가 말했다. 그 소리를 듣는데 마음이 너무 아팠다. 동시에 지은이는 오죽할까 싶었다.

죽 데워서 나윤이 아침 줬다. 어제 다섯 번이나 토해서 걱정했는데 잘 먹었다. 배가 고프기도 했을 테고. 수박 먹고 싶다고 해서 줬는데 한 입 먹고 말았다. 입맛이 없는 모양이었다. 그래도 열이 내리면서 조금씩 컨디션이 나아지는 것 같았다. "캐치 티니핑 뮤지컬 보려면 많이 자야 해?" 묻고는 쪼르르 달려가 달력을 들고 왔다. 11월 26일까지는 아직 3주도 넘게 남았는데….

점심 먹고 다시 열이 올라서 약 먹였다. 이번에도 살짝 입만 댔다가 물 마시고, 또 입만 댔다가 물 마시고… 약이 맛도 없지만 어제 먹고 토한 기억 때문에 더 그러는 것 같았다. 약을 좀 더 먹고 물을 마셔야 하지 않겠냐고 하니까 "살짝 먹고 싶어!"라며 화냈다. 그러다가 어느 순간 쭉 들이켜더니 말했다. "먹다 보니까 맛있어."

나갈 준비 하고 있는데 나윤이가 아련한 표정으로 물었다. "어디 가려고?" 자동차가 고장 나서 고쳐야 한다고, 그래서 자동차 검사를 다시 받아야 한다고 하니까 이번에는 "엄마는 언제 와?" 물었다. 엄마 일찍 온다고 했으니까 할머니랑 잘 놀고 있으라고 말하고 나오는데 마음이 무거웠다.

오후에 오랜만에 엄마한테 전화했는데 코맹맹이 소리가

들렸다. 감기 걸렸냐고 물었더니 코로나라고 했다. 뭐라고? 지난주에 걸렸고 내일 오후면 일주일 지나서 격리 해제 되는데 괜히 걱정할까 봐 말 안 하셨다고 했다. 다행히 큰 증상은 없고 괜찮다고. 그러면서 이제 또 7차 유행한다는데 나윤이도 있으니 당신 생일이고 뭐고 올해는 그냥 넘어가자고 하셔서 나중에 다시 이야기하자고 했다.

○ 11월 3일 목요일

어제도 일하다 새벽 두 시 넘어서 잤는데 오늘도 벌써 네 시다. 일찍 자고 일어나서 맑은 정신으로 일하는 게 훨씬 나을 텐데. 나이가 마흔이 넘었는데도 아직 그게 잘 안 된다. 오늘은 진짜 일찍 자야지 생각하면서도 막상 자려면 아쉬워서 자꾸 뭘 하게 된다.

나윤이 감기가 조금 괜찮아지나 싶었는데 한밤중에 기침하는 소리가 들렸다. 몇 번 하다 말겠지 했는데 계속 해서 들어가 보니 앉아서 기침을 하고 있었다. 컹컹, 하고 속에서부터 나오는 기침이었다. 한참 그러다가 결국 울었다. 가래가 끼는지 몇 번이나 꿀럭꿀럭 침을 뱉기도 했다. 혹시나 하고 살펴봤는데 자기 전에 붙인 기관지 확장제 패치는 여전히 붙어 있었다.

아이가 괴로워하는데 당장 해 줄 수 있는 게 없다는 사실이 너무 괴롭다.

○ 11월 7일 월요일

　유명인들의 일기를 모아 놓은『일기—살아 있는 진실』이라는 책을 들춰 보다가 1911년 11월 7일 카프카의 일기를 발견했다.

> 어른들의 생각으로는 부모가 붙어 있는 한 어린아이들에게는 아무 일도 일어나지 않는다는 어리석은 확신을 하고 있다. 그렇게 생각한다면 진정한 의미의 불행은 어른들의 얼굴 한가운데만 아니라 세상에 그리도 흔하지는 않을 것이다.

　알 것도 같고 모를 것도 같은 말이어서『카프카의 일기』를 펼쳐 봤다. 실제로 카프카는 그날 세 페이지가 넘는 긴 일기를 썼는데 정작『일기』에서 발췌한 부분은 찾을 수 없었다. 몇 번을 읽었지만 비슷한 구절도 없었다. 뭐지? 그야말로 카프카적인(kafkaesque) 상황이었다.

피곤한 눈을 비비며 며칠 전의 일기부터 읽어 내려가다가 11월 8일 일기의 중간 부분에서 해당 구절을 발견했다. 내가 읽었던 맥락하고는 전혀 달랐다. 당시 스물여덟 살의 카프카는 가정이 있는 연상의 여인에게 빠져 있었는데, 그녀가 출연한 연극 뒤풀이 자리에 동석해서 그녀와 딸이 함께 있는 모습을 보고 쓴 구절이었다.

그녀의 딸은 그녀의 팔에 뺨을 비벼 댔다. 그녀가 안전하다고 느끼지는 않지만 설령 유랑 극단 배우일지라도 부모 곁에 있는 아이에게는 아무 일도 일어날 수 없고, 진짜 걱정은 땅 가까이가 아니라 어른들의 얼굴 높이에서야 비로소 있다는 어린애다운 확신을 어른들에게 준다.

이것을 읽으니 오히려 더 아리송해졌다. 여기서 확신하는 것은 어른들인가, 어린아이들인가? 또다시 카프카적인 상황이 이어졌고, 고민하던 나는 둘 다라는 결론을 내렸다. 그렇기에 부모는 아이가 아플 때면 옆에 꼭 붙어 아이를 지켜보고, 아이들 또한 엄마나 아빠의 품을 찾아 꼭 안겨 있는 것이라고.

간만에 푹 잤다. 그런데 왜 이렇게 머리가 아프지? 아무래도 정상은 아니라는 생각이 들었다. 세수하고 이빨만 닦고 나윤이 어린이집 데려다줬다. 그리고 돌아와서 샤워하고 외출 준비했다. 엄마가 코로나 때문에 따로 생일 자리는 하지 않는 게 좋겠다고 하셔서 그냥 나만 가서 같이 점심 먹기로 했다.

분명 처음에는 무엇을 먹으면 좋을까 이야기하고 있었는데, 어느 순간 대화가 오래된 레퍼토리로 흘러갔다. 요약하면, 아들이라고 하나 있는 게 너무 무심해서 서운하다는 내용이었다. 영원히 끝나지 않을 것처럼 이어지던 푸념은 또다시, 어느 순간 막내 외삼촌의 건강 이야기로 넘어갔다. 전립선암 수치가 높게 나와서 내일 대학 병원에 가서 검사하기로 했다고, 인생이 왜 이런지 모르겠다고 하셔서 하마터면 그건 엄마 인생이 아니라 외삼촌의 인생이라고 말할 뻔했다. 나도 3년 전 건강검진에서 수치가 높게 나왔다고, 그래서 대학 병원에 1박 2일 동안 입원해 검사도 했다고, 다행히 뭐가 나오지는 않았다고, 하지만 재작년에도 작년에도 여전히 수치가 높게 나왔다는 말도 하지 않았다.

어린이집 끝날 시간에 맞춰 나윤이 데리고 나와서 치과 갔다. 송곳니가 썩었는데 감기 때문에 못 가다가 이제야 가는 것이었다. 차례를 기다리며 놀이방에서 놀고 있는데 앞서 들어간 어린이들의 울음소리가 들렸다. 나윤이는 동요하지 않았다. 치과 의자에 눕는 순간에도 나윤이는 의연했다. 집게로 입을 벌리고 잇몸에 마취 주사를 놓고 충치를 긁어 내고 레진을 씌우고 물로 씻어내는 동안 단 한 번 움찔하지도 않았다. 오히려 보고 있는 내가 눈물이 날 것 같았다. 의사 선생님도 간호사 선생님도 이런 어린이가 어디 있냐며 모두 감탄했다.

모든 치료가 끝나고 일어나 앉으며 나윤이가 말했다.

"나 아파서 눈물 났는데 참았어."

○ 11월 30일 수요일

지난 2주 동안 많은 일이 있었다. 나윤이가 며칠 동안 열이 나며 다시 아프다 나아졌고, 아내가 아팠고, 어머님이 아프셨고, 나도 아팠다. 이제 다들 회복기에 접어들고 있어서 한숨 돌리나 싶었는데 밀린 마감들이 쏟아졌다. 발등에 불이 붙었다. 며칠 동안 붙잡고 있는데도 좀처럼 진도가 나가지 않아서 오늘은 작업실에서 밤을 새기로 했다.

어차피 밤을 샐 거니까 여유가 있다고 느껴져서였을까? 곧바로 글을 쓰지는 않고 참고 도서를 뒤적이다가 저녁으로 뭐 먹을지 고민하다가 배달시켜 먹으면서 넷플릭스 봤다. 어린이집 카페 들어가서 나윤이 사진 보면서 이 모든 것을 버리고 나는 무엇을 얻고 있는지 자문하기도 했다. 여태까지 써 놓은 부분을 읽으면서 처음부터 다시 쓰고 싶다는 충동을 느끼기도 했다. 문장이 마음에 들지 않았다. 일이 안될 때면 늘 문장 탓을 하게 된다.

마침내 일을 시작해서 정신없이 몰입하고 있는데 새벽 두 시쯤 아내에게 연락이 왔다. 온수가 안 나온다는 것이었다. 지역난방 배관에 문제가 생긴 거라서 당장 할 수 있는 게 없었다. 그렇지만 하필 내가 집에 없는 동안 문제가 생겨서 마음이 좋지 않았다. 더 이상은 안 된다, 오늘은 기필코 마무리를 지어야 한다, 하는 생각으로 아침 일곱 시까지 붙잡고 있었다. 물론 마무리는 하지 못했다. 여기에 왜 물론이라는 단어가 들어가야 하는지 모르겠지만….

피곤하고 또 착잡한 마음으로 나는 헨리 제임스를 떠올렸다. 지금 나보다 두 살이 어린 푸릇푸릇하던(?) 시절의 제임스는 1882년 11월 11일의 일기를 이렇게 썼다.

나에게는, 나의 조그만 창작에 대하여 반발하는 시간이 있다. 한마디로 말한다면 그것은 한심한 생산 내지 비생산에서 오는 작풍이다. 또 나의 경솔함과 미온적인 정신에서 오는 것이며, 집중력을 오랫동안 유지하지 못하고, 자기 자신에 열중하지 못하며, 정면에서 사물을 관찰하지 못하고, 발견하여 생산하지 못하는 데서 오는 것이다.

오는 4월 나는 마흔 살이 된다. 그것은 무서운 사실이다! 그러나 나는 일하는 방법을 깨달았다. 거의 나만이 태만을 강요당한 시기에 놓여 있다는 것과 이런 암담한 반사작용이 나를 둘러싸고 있음을 나는 안다. 내가 진정으로 일을 하고 있을 때 나는 행복하며 강해지며 희망이 앞에 놓여 있다. 이것이야말로 인생을 인내하게 하는 유일한 것이다. 그러나 내가 어쨌든 일부러 실패를 위하지 않는 이상 나는 앞으로 2~3년간 힘껏 노력을 해야겠다. 힘껏 노력을 하지 않으면 나는 패배하게 되리라!

바닥에 요가 매트를 깔고 눕는데 어쩌면 나는 이미 패배했는데 나만 모르고 있는지도 모르겠다는 생각이 들었다. 알고 있었을 수도 있고.

이 일기를 적으며 읽은 일기들의 목록

• 빅토리아 여왕 외 62인, 『일기』, 안상수·이혜정 옮김, 지식경영사, 2003

• 프란츠 카프카, 『카프카의 일기』, 이유선·장혜순·오순희·목승숙 옮김, 솔출판사, 2017

겨울.

Winter

그야말로
중년의 연말이다

조심조심 쓰는 건
죽음과 같은 글쓰기

○ 12월 20일 화요일

　폴란드의 사회학자 지그문트 바우만은 2010년 12월 27일의 일기에서 옥스퍼드대학교의 진화인류학자 로빈 던바 교수의 주장을 인용한다. 던바에 따르면 "우리의 정신은 진화에 의해 어떤 특정하게 한정된 수의 사람 이상을 자신의 사회적 세계 안에 둘 수 있도록 설계되지 않았다". 실제로 던바는 그 수를 계산해 냈고, 거기에 '던바 수(Dunbar Number)'라는 이름까지 붙였다. 그가 발견한 바로는 "우리 중 대부분은 약 150명 정도의 기존의 관계를 유지할 수 있을 뿐이다".

　그렇다면 나는 진화가 덜 된 게 분명하다. 내 사회적 세계

안에 속한 사람을 세기 위해서는 세 자리 숫자는커녕 손가락과 발가락을 동원하는 것만으로 충분하다. 가족과 친구들. 그렇다고 그 친구들을 자주 만나는 것도 아니다. 일 때문에라도 종종 만나야 하는 몇 명을 제외한다면 일 년에 서너 번은 볼까? 그럼에도 그들은 나의 친구이고 그것도 아주 가까운 친구들이다. 적어도 나한테는 그렇다….

이번 주는 그들을 만나는 주간이다. 오늘은 '아날리얼리즘' 친구들, 내일은 시인 친구들, 그리고 모레는 25년 된 친구들. 그야말로 중년의 연말이다.

우리는 망원동의 한 중국 음식점에서 만났다. 직전에 같은 약속이 있던 K와 함께 조금 일찍 도착했는데 J가 먼저 와 있었다. 잠시 후에 L이랑 H도 왔다. L에게 특별한 크리스마스 선물을 받았다. 직접 선곡한 노래를 모은 카세트테이프였는데, 친구들 중 내게만 카세트 데크가 있을 것 같다는 이유였다. 하지만 내게는 카세트 데크가 없고, 새해에는 오디오 취미를 조금 더 본격적으로 해야겠다는 다짐 아닌 다짐을 했다….

HW랑 P는 조금 늦는다고 했다. 그래서 먼저 주문했는데 다들 왜 이렇게 잘 먹는 건지. 요리를 거의 한 사람당 하나씩 먹은 것 같다. 지각한 친구들 올 때마다 추가 주문해서 싹싹 먹고 2차로 치킨집 가서 또 먹었다. 너무 많이 먹은 게 아닌가 하는 생각이 들긴 했지만 오랜만에 맛있는 음식 먹으면서 친구들하고 이야기하니 좋았다. 집으로 돌아오는 길이 하나도 춥지 않았다.

○ 12월 21일 수요일

나윤이가 일어나서 엄마 찾는 소리에 눈을 떴다가 다시 잠들었다. 지은이 출근 준비하는 소리에 깼다가 다시 잠들고. 나윤이가 몇 번인가 와서 깨웠는데 그때마다 잠깐 눈떴다가 곧바로 다시 눈을 감았다. 마치 바닥이 온몸을 잡아당기는 것 같았다. 어제 뭘 잘못 먹었나? 하는 생각을 잠깐 했다.

결국 열한 시 반쯤 일어나서 어머님이 차려 주신 밥을 먹는데 입이 썼다. 몇 숟가락 못 먹고 다시 잤다. 아무래도 이상했지만 어디가 이상한지 살펴볼 정신이 없었다. 결국 다시 침대에 누웠다가 두 시 반쯤 일어났다. 여전히 몸은 무거웠지만 그래도 정신이 조금은 드는 것 같았다. 참 나도 다 됐다, 빨리 나가서 피로 회복제라도 사 먹어야겠다 생각하면서 핸드폰을 봤는데 친구들 단톡방에 쌓인 메시지가 많았다. 왜 그러지? 했는데 J가 몸이 안 좋아서 코로나 자가 검진 했는데 양성이 나왔다고 했다. 그거였구나… 느낌이 딱 왔다.

가까운 병원에 갔다. 양성이었다. 지금까지 한 번도 코로나에 안 걸려서 내심 내가 슈퍼 면역자가 아닐까? 생각했는데. 물론 아니었다. B와 W에게 문자 보내서 오늘과 내일 약속 취소하고 곧바로 자가 격리 시작했다. 아무것도 할 기분이 아니어서 그냥 자다 깨다 자다 깨다 했다. 코로나에 감염되면 잠이 많이 온다더니 정말 그랬다. 아니면 단지 내가 그동안 잠을 너무 안 잤던 걸 수도 있고. 그래도 약 먹으니 조금은 나아지는 것 같았다. 자고 일어나면 더 괜찮아지겠지.

○ **12월 22일 목요일**

아니었다. 온몸이 쑤시고 머리가 멍했다. 추가로 목까지 아팠다. 좀 더 자려고 해도 너무 많이 자서 그런지 잠이 안 왔다. 괴로워서 바닥을 데굴데굴 굴렀다. 오늘 만나기로 한 친구에게 메시지가 와서 답장하는데 오타 고칠 힘도 없어서 그냥 보냈다. 약을 먹을 기운도, 약을 먹기 위해 뭘 먹을 기운도 없었다. 억지로 먹고 겨우 눈 붙였다.

다시 일어나니 오후였다. 조금 살 것 같았다. 원래 자가 격리 하는 동안 일 좀 해야겠다고 생각했는데 그럴 수 있을까? 모르겠고 그냥 늘어지기만 한다. 결국 넷플릭스에서 미뤄 두었던 〈베터 콜 사울〉 시즌 6 몰아서 봤다. 전체적으로 힘이 조금 빠진 것 같은 마지막 시즌이었다. 처음 이 시리즈를 기획했을 때와 전반적으로 확 바뀐 사회 분위기 속에서 '범죄자' 사울을 어떻게 해야 할지 고심했단 게 느껴졌다. 그리고 다시는 미드 몰아 보기 같은 걸 하지 말아야겠다고 결심했다. 원래도 코로나 때문에 컨디션이 안 좋았는데, 이제는 눈까지 빠질 것 같다….

○ 12월 23일 금요일

자가 격리 3일 차. 어제보다는 조금 나아졌는데 여전히 정상은 아니다. 잠도 계속 왔다. 이제 슬슬 일을 해야 할 것 같다는 생각에 키보드를 두드렸는데 제대로 된 문장을 쓸 수가 없었다. 찰스 부카우스키는 1991년 12월 9일의 일기에 이렇게 썼다.

글을 쓸 땐 미끄러져 나가는 기분으로 써야 한다. 말들은 절뚝거리고 고르지 못할 수도 있지만, 미끄러져 나가기만 한다면 문득 그 어떤 즐거움이 모든 걸 환히 비추게 된다. 조심조심 글을 쓰는 건 죽음과 같은 글쓰기다.

내 정신은 어디로도 미끄러지지 않는다. 그냥 여기에 있다. 몸과 함께 격리된 채로.

○ 12월 24일 토요일

자가 격리 4일 차. 딱히 크리스마스를 혼자 보내고 싶지 않았던 건 아닌데, 결과적으로 크리스마스를 혼자 보내지 않을 수 있게 되었다. 지은이도 코로나 양성이 나온 것이다. 나윤이에게 옆에 오면 안 된다고, 할머니랑 같이 있어야 한다고 하니까 나윤이가 대성통곡했다.

"나 엄마 옆에 가고 싶어. 엄마도 내 옆에 오고 싶지 않아?"

오랜만에 지은이를 보니 반갑기도 하고 옛날 생각도 났다. 나윤이 태어나고 산후조리원에서 같이 생활하던 때가 절로 떠올랐다. TV가 없다는 점만 빼면 똑같았다. 그때 우리 아가는 작고 정말 작았었는데. 몸은 많이 나아졌지만 잠이 계속 왔다. 혹시라도 나중에 다시 코로나에 걸려 자가 격리를 해야 할 때를 대비해 방에 TV를 놓아야 할까, 같은 허튼 생각을 하며 계속 자다 깨다 했다.

○ 12월 25일 일요일

아침에 어머님이 나윤이가 열이 난다고 하셨다. 나윤이에게 옮길 수도 있겠다고 생각은 했는데 하필 크리스마스에 그래서 마음이 아팠다. 나윤이는 해열제 먹고 열은 내렸지만 목이 아프다고 했다. 울며불며 코로나 검사는 하기 싫다고 해서 일단 오늘은 집에서 지켜보다가 내일 병원 문 열면 바로 가 보기로 했다. 혹시 모르니 확진될 때까지는 할머니랑 같이 있기로 했다. 다행히 어머님은 아직 증상이 없으시다. 계속 괜찮으셔야 할 텐데.

○ 12월 26일 월요일

자가 격리 6일 차. 그런데 왜 별로 나아진 것 같지 않지? 아픈 건 초반보다 덜하지만 피곤한 건 오히려 더한 것 같기도 하고….

나윤이는 어제 밤새 열이 났던 모양이다. 할머니가 못 주무시고 계속 얼음찜질해 주셨다고. 그래서 병원 문 열자마자 나윤이랑 할머니랑 같이 병원에 간 사이 집안 환기를 시켰다. 베란다에 있는 수도가 꽁꽁 얼어서 터져 있었다. 이래도 괜찮은가? 싶었지만 달리 할 수 있는 게 없어서 그냥 두었다. 날이 정말 추웠다. 이제는 삼한사온도 아니고 그냥 칠한인 것 같다. 혹시나 하고 주간 일기예보 봤는데 다음 주도 내내 한한한한 한한한이었다.

얼마 후 나윤이가 돌아왔다. 문을 빼꼼 열고 잘 다녀왔어? 물으니 나윤이가 해맑게 웃으며 말했다.

"아빠~ 나 두 줄 나왔어. 의사 선생님이 나 코로나래~"

옆에서 눈물을 훔치시는 할머니와 달리 나윤이는 코로나에 걸려서 정말 신이 난 것 같았다. 다 떠나서 엄마랑 아빠랑 같이 있을 수 있으니까. 방문을 벌컥 열고 들어와서 쉬가 마렵다고 하길래 거실 화장실 가는 게 낫지 않겠어? 물으니까 나윤이가 말했다.

"할머니 있잖아!"

맞다, 그렇지. 어머님은 검사했는데 음성이라고 하셨다. 어머님이 가시고 우리 셋이 남았다.

나윤이는 약간 열이 있는 것 말고는 괜찮았다. 다만 새벽에 일찍 일어나서 그런지 점심부터 조금 피곤해했다. 점심에는 따로 음식을 만들 기력이 없어서 치킨 시켰다. 나윤이는 입맛이 없는지 별로 안 먹었다. 코로나가 독한 건지 약이 독한 건지 계속 잠이 왔다. 나윤이 TV 틀어 주고 잠들었는데, 잠결에 나윤이가 졸려서 자고 싶다고 말하는 게 들렸다. 그리고 눈을 떴는데 어느새 깜깜해졌다. 나윤이를 깨울까 하다가 그냥 두었는데 아침까지 쭉 잤다.

나윤이 안아 침대에 눕히고 TV 보면서 남은 치킨으로 저녁 먹었다. 그제야 연말 기분이 조금 났는데, 가족이 함께 있어선지, 치킨을 먹어선지, TV를 봐서 그런 건지는 모르겠다.

○ 12월 27일 화요일

오늘은 나윤이 생일이다. 그리고 자가 격리 마지막 날이기도 하다. 아내는 며칠 더 있어야 하고 나윤이는 어제 막 시작했지만….

아내가 쿠팡으로 주문한 '해피버스데이' 풍선 불어서 장식하고 배달로 주문한 곰돌이 케이크로 생일 축하했다. 일주일 전까지만 해도 이런 생일을 보내게 될 거라고는 상상도 못 했는데.

한참 풍선을 불고 있는데 나윤이가 갑자기 'A' 풍선을 들더니 말했다. "ABC에 A가 빠질 수 없지!" 케이크를 꺼낼 때도 신이 나서 "생일에 케이크가 빠질 수 없지~" 했는데 그런 말은 대체 어디서 배운 건지. 어쨌거나 기분도 좋고 컨디션도 좋은 것 같아서 다행이었다.

촛불 끄는 나윤이를 보며 나도 같이 소원을 빌었다. 아무 후유증 없이 코로나가 지나가기를, 그리고 내년에는 우리 가족 모두 건강하기를. 생일 축하해 아가!

이 일기를 적으며 읽은 일기들의 목록

· 지그문트 바우만, 『이것은 일기가 아니다』, 이택광·박성훈 옮김, 자음과 모음, 2013

· 찰스 부카우스키, 『죽음을 주머니에 넣고』, 설준규 옮김, 모멘토, 2015

그런데 어디로 가지?

시계는 '떠남'을
가리키고 있다

○ 1월 4일 수요일

나윤이 어린이집 데려다주고 지하철 타고 출근하면서 조금 늦은 신년 목표를 생각했다. 가족과 함께 건강하고 즐겁게 많은 시간을 보내기. 일도 열심히 하기. 트위터는 줄이고, 에고서칭은 하지 않기. 책이건 음반이건 새로 사기보다는 가지고 있는 것으로 읽고 듣기. 마지막으로 일기는 조금만 쓰기. 올해는 나 자신보다 바깥의 세계에 더 집중하는 한 해가 되면 좋겠다. 이제 그럴 때도 되었다.

며칠 전에 저녁 먹다가 나윤이가 뜬금없이 했던 말이 생각난다.

"올챙이 시절을 지나지 않은 개구리는 없어."

그런데 왜 나는 언제나 내가 올챙이 시절에 머물러 있는 것처럼 느껴지는 걸까?

나윤이는 얼마 전부터 소꿉놀이에 푹 빠졌다. 장난감 조리 기구를 가지고 밥해 먹고 의자로 만들어 놓은 화장실에 들렀다가 나윤이는 어린이집(옆방)에 가고 엄마 아빠는 회사(식탁)에 간다는 식으로. 내가 볼 땐 특별할 것도 없고 새로울 것도 없는 평범한 일상을 놀이로 반복한다는 게 새삼 신기하게 느껴졌다. 하지만 그건 전적으로 어른인 내 입장이고, 아이에겐 놀이야말로 아직 익숙하지 않은 '일상'을 이해하는 방식인지도 모른다.

어쩌면 예술도 시작은 이와 같지 않았을까. 삶을 이해하고 의미를 부여하는 방식으로서의 예술. 문제는 그것을 단순한 시작점으로 보느냐, 혹은 어떤 근원으로 보느냐일 것이다. 그것이 근원이라면 우리는 언제나 그곳으로 돌아가야 한다. 그것이 단순한 시작점이라면 우리는 더 멀리 나아가야 한다. 내 생각은 후자다.

그런데 어디로 가지?

○ 1월 13일 금요일

연재에 참고할 1월의 일기들을 찾아보았다. 추운 겨울이라서 그런가? 희망찬 새해 분위기가 담긴 이야기가 있을 법도 한데, 죄다 으슬으슬하고 우울한 이야기들뿐이었다.

1773년 1월 25일 게오르크 포르스터의 일기

지난 한 달 동안 아무 기록도 하지 않아 깜짝 놀랐다. 한마디로 의욕 부진의 날들이었다. 아침에 거의 억지로 일어나서는 걷히지 않는 안개를 바라보았다. 우박이 떨어지는 소리와 폭풍에 배가 삐걱거리는 소리를 들으며 무엇을 어떻게 해야 할지 엄두가 나지 않는다. 습기를 머금고, 온몸과 영혼까지 뚫고 들어오는 추위가 겁난다. 인간은 본능적으로 따뜻함과 밝음, 햇빛을 누리고 싶어 하지만, 탐험가의 일상은 어둠과 폭풍과 차가움의 경험뿐이다.

1867년 1월 11일 마크 트웨인의 일기

오후 일곱 시. 하루 종일 온기를 취하려고 침대 속에서만 보냈다. 무척 춥다. 잠시 전에 물길 안내인의 배가 지나갔다. 아침 전에 뉴욕에 도착하게 될 것이다. 2번 종, 패터슨이 죽었다. 수종으로 죽은 것이다. 고지대의 등대선과 뉴욕항 입구의 다른 불빛이 보인다. 이것으로 이번 항해에서 여덟 명의 희생자가 난 셈이다. 육지를 떠난 지 27일 만의 일이었다.

1927년 1월 4일 발터 벤야민의 일기

이날도 그다음 날도 기분이 좋지 않았다. 시계는 '떠남'을 가리키고 있다. 날은 점점 추워지고(항상 최소 영하 20[섭씨 영하 25도]가 넘는다) 아직 남아 있는, 해야 할 일들을 처리하는 게 점점 어려워진다.

1979년 1월 17일 롤랑 바르트의 일기

삶의 결핍 상태가 서서히 구체적인 얼굴로 나타나기 시작한다: 그것이 무엇이든 어떤 새로운 일을 꾸며서 만들어 갈 수가 없다(글쓰기는 예외지만). 우정도 사랑도 그 밖에 다른 일들도.

원정대를 이끌고 험난한 항해 끝에 마침내 남극에 도착해

짓궂은 펭귄 떼를 마주한 로버트 팰컨 스콧의 일기가 그나마 조금 밝은 편이다.

1911년 1월 4일 로버트 팰컨 스콧의 일기

미어즈와 썰매 개들은 일찌감치 배에서 내려 거의 하루 종일 가벼운 짐을 싣고 사방으로 달렸다. 그들의 가장 큰 장애물은 펭귄들의 얼빠진 행동이었다. 펭귄 한 무리가 바다에서 우리가 있는 부빙으로 계속해서 튀어 오르고 있었다. 발을 딛는 순간부터 그것들은 자신들의 안전 따위에는 아랑곳없이 대책 없는 호기심만 발동시켰다. 그것들은 우스꽝스러운 포즈로 고개를 이리 기웃 저리 기웃 하면서 개들이 있는 쪽으로 뒤뚱거리며 걸어왔다. 개들이 짖어 대며 펭귄들에게 다가가려고 줄을 잡아당기고 난리였지만 그것들은 아랑곳없었다. 펭귄들은 마치 이렇게 말하는 것 같았다.

"야! 여긴 만만치 않은 곳이야. 도대체 웃기게 생긴 네 녀석들이 여기 뭐하러 왔는데?"

결과적으로, 펭귄의 말(실제로 펭귄들이 말한 건 아니지만)이 맞았다. 1년 후, 그들은 누가 먼저 남극점에 도달하는지를 두고 경쟁하던 노르웨이의 아문센 일행보다 한 달여 늦게 남극점에 도달했지만 돌아오지 못하고 남극의 추위 속에서 전원 사망한다.

…연초부터 우울한 일기들을 읽고 있자니 괜히 나까지 심란해지는 것 같다.

○ 1월 15일 일요일

온 가족이 눈썰매장에 가기로 한 날. 아침부터 눈이 내렸다. 조금 오다 말겠거니 했는데 갈수록 눈발이 더 흩날리더니, 외곽 순환 고속도로 탈 무렵에는 앞이 잘 보이지 않을 지경이었다. 다행히 땅이 얼지는 않았다. 차도 많지 않아서, 아홉 시 사십 분쯤 출발했는데 열한 시 사십 분 도착 예정이라고 했다. 그 정도면 무난했다.

문제는 13킬로미터 정도를 남기고 일어났다. 고속도로를 빠져나와 왕복 2차선 국도로 접어들었는데, 처음에는 램프 구간이 고속도로와 달리 제설이 안 돼 있어서 긴장했지만 진짜 문제는 따로 있었다. 차가 꽉 막혀서 움직이지 않고 있었던 것이다. 어디서부터 막힌 건지, 왜 막힌 건지 알 수도 없었다. 그러는 사이 도착 예정 시간은 점점 늦어져서 열두 시 십 분이 되었다가 열두 시 사십 분이 되었다. 앞에 서 있던 차 세 대가 중앙선을 넘어 불법 유턴 해서 돌아갔다. 딱 차 세 대가 나간 만큼 전진할 수 있었다.

설상가상(지금 상황에 이보다 더 어울리는 사자성어가 있을지) 눈발이 점점 더 굵어졌다. 도로 옆에는 어느덧 눈이 한가득 쌓여 있었다. 대설주의보? 대설경보? 아무튼 눈이 많이 온다고 운전을 자제하라는 긴급 재난 문자가 거듭해서 왔다. 그런데 어쩐담? 안내가 조금 늦은 거 같은데….

나도 모르게 로버트 팰컨 스콧의 일기를 떠올렸다. 눈이 내리는 남극에서 개썰매를 타고 달리던 스콧과 그의 대원들을, 그리고 그들의 최후를… 아니지, 내가 지금 무슨 생각을 하는 거람. 나는 얼른 고개를 저었다.

다행히 정체가 약간 풀리기 시작했다. 거북이걸음과 비슷한 속도로 나아가고 있는데 나윤이가 화장실에 가고 싶다고 했다. 안 그래도 혹시 그러지 않을까 생각하고 있던 참이었다. 아아, 주변은 그냥 산과 들뿐인데… 그것도 눈 덮인…. 중간중간 마을 회관이나 모델하우스, 문 닫은 부동산 같은 것들이 있긴 했는데 어디 한 군데 세우기 애매했다. 다음에 나오는 샛길로 빠져서 마을로 들어가야 하나 고민하는데 식당 건물이 나왔다. 고민할 틈도 없이 일단 주차하고 식당으로 뛰어들어갔다. 아슬아슬했다.

메뉴는 닭백숙과 닭볶음탕 두 가지였다. 나윤이가 매운 걸 못 먹으니 선택지는 하나였다. 원래 막국수를 먹으려고 했는데, 졸지에 누룽지백숙을 점심으로 먹게 되었다. 식사가 나오기를 기다리며 창밖을 보니 눈발이 점점 더 굵어지고 있었다. 조금 움직이나 싶던 차들도 다시 막히기 시작했다. 모르겠다, 일단 밥이나 먹자….

기대를 안 해서 그런가? 의외로 맛있었다! 강원도라 그런지 나물 반찬들이 많았는데 전부 입맛을 돋워 주었다. 고기가 조금 질기긴 했지만 토종닭이 원래 그렇고. 다만 나윤이는 처음 먹어 보는 토종닭 식감이 조금 낯선지 내 쪽으로 물통을 들고 오며 물었다.

"아빠? 그런데 좀 빡빡하지 않아? 좀 부어 줄까?"

우리가 밥 먹는 동안에만 최소 대여섯 팀이 들어와서 차가 막히는데 화장실 좀 쓸 수 있냐고 했다. 손님은 두 테이블이 더 들어왔다. 식당 직원분들이 화장실 사용료를 받아야겠다고 농담하셨다.

식당을 나와 가다 서다를 반복하며 목적지에 도착한 건 두 시가 조금 넘어서였다. 태어나서 눈썰매장(그리고 스키장)을 온 건 처음이었는데 사람이 너무 많았다. 나는 사람이 많은 곳에 가는 게 정말 싫다. 그렇지만 그곳의 풍경은 썩 나쁘지 않았고, 솔직히 보기 좋았다. 하얀 눈 위로 바글바글한 사람들의 모습이 흰 종이 위에 그려진 장 자크 상페 풍의 그림처럼 보이기도 했다. 눈은 그치지 않고 계속해서 내렸다. 밤새 기온이 급격하게 떨어진다는 뉴스에 벌써부터 내일 돌아갈 길이 걱정되지만 일단은 그냥 즐기기로 했다. 지금 바로 여기에서, 나의 사람들과 함께.

이 일기를 적으며 읽은 일기들의 목록

- 크리스티안 G. 폰 크로코, 『바다의 학교』, 안미란 옮김, 들녘, 2005
- 빅토리아 여왕 외 62인, 『일기』, 안상수·이혜정 옮김, 지식경영사, 2003
- 발터 벤야민, 『모스크바 일기』, 김남시 옮김, 길, 2015 (구판 그린비, 2005)
- 롤랑 바르트, 『애도 일기』, 김진영 옮김, 걷는나무, 2018
- 로버트 팔콘 스콧, 『남극일기』, 박미경 옮김, 세상을여는창, 2005

근데 다 그냥 될 거 같은데?
이센스가 노래했다

이제 아빠는
우주로 돌아가는 거야?

○ 2월 1일 수요일

새해라는 사실이 아직도 어색한데 벌써 2월이다. 다음 달 말까지 조지 오웰의『동물농장』번역도 해야 하고, 단편소설도 한 편 써야 하고, 벌써 1년 6개월 전에 책으로 내기로 했던 독서 일기도 (이제는!) 마무리해야 한다고 생각하니 숨이 턱 막히는 것 같다.

하지만 괴로워하고 있을 시간이 없다! 정지돈과 함께 영자원 웹진에 연재한〈한국 영화에서 길을 잃은 한국 사람들〉단행본 출간 관련해 출판사에서 온 메일에 답장하고, 요나스 메카스의『수동 타자기를 위한 진혼곡』번역 계약서도 썼다.

하나라도 삐끗하면 도미노처럼 줄줄이 차질이 생기는 일정이다. 하나씩 하면 된다고 마음먹어 보지만 자꾸만 초조해지는 건 어쩔 수가 없다. 석 달, 아니 한 달, 아니 한 보름만이라도 마음껏 일만 할 수 있는 시간이 있었으면 좋겠네.

내일은 호주에서 나윤이 사촌들이 오기로 한 날이다.

○ 2월 3일 금요일

우와! 외치는 소리에 잠에서 깼다. 나윤이랑 루이가 문을 박차고 들어오더니 북을 치고 피리를 불면서 어른들을 깨웠다. 쿵쿵딱딱! 삑! 삐이이익! 피리를 내려놓은 나윤이가 뽀로로 기타를 턱에 대고 막대기를 흔들며 바이올린 켜듯 연주했다. 마치 꼬마 악단처럼. 아니면 꼬마 악당이거나….

일어나 거실에 나가니 벌써 한차례 폭풍이 휘몰고 간 듯 온통 뒤죽박죽이었다. 장난감이란 장난감은 다 나와 있고 책이랑 CD도 어지러이 늘어놓아져 있었다. 아직 아침 아홉 시도 안 됐는데! 오랜만에 또래끼리 뭉쳐서 신이 난 모양이었다. 아이들에게 붙잡혀 같이 자동차 가지고 놀다가, 엄마와 이모와 할머니와 이모할머니 들의 손에 맡기고 얼른 씻고 나왔다. 같이 놀아 주고 싶지 않아서가 아니라 할 일이 많아서. 아니, 진짜로….

　가방에 있던 마지막 비상금 천 원으로 붕어빵 사서 작업실 갔다. 마음만 급하고 되는 일은 없는 하루였다. 『동물농장』원서 읽다가 소설 구상한답시고 이런저런 책들 훑어보다가 다시 일기 파일 열고 닫다 보니 어느덧 돌아갈 시간이었다. 무거운 마음으로 광역 버스를 탔다. 근데 다 그냥 될 거 같은데? 편히 마음먹어 안 급해 ♪ 헤드폰에서 이센스가 노래했다.

　무거운 걸음으로 현관문 열고 들어가는데, 세 아이가 달려와 반겨 주었다. "다녀오셨어요?" 같은 반겨 줌은 아니고 "보세요! 나 전동 칫솔로 이빨 닦고 있어요!" "자동차 괴물 만들었어요!" "나 이렇게 될 수 있어! 이것 좀 봐!" 하는 식으로 저마다 목소리를 높여 자기 이야기를 할 뿐이었지만. 그래도 좋았다!

　아이들 재우는 동안 독서 일기 조금 쓰다가, 지은이랑 처제랑 같이 식탁에 앉아서 새벽 한 시까지 이런저런 이야기를 나누다, 모두 자러 들어간 다음에 다시 독서 일기 펼쳤다. 그래도 틈날 때마다 조금씩 하다 보니 이제 슬슬 끝이 보이는 느낌이다. 문득 모든 것이 되어 간다는 생각이 든다. 잘되어 가는 건지는 모르겠지만. 되다 보면 잘되기도 하고 그러겠지?

1박 2일 해병대 캠프와도 같은 주말이었다. 토요일은 워터파크 다녀왔는데 아침 여덟 시부터 준비해서 열 시 오픈 시간에 맞춰 갔다가 다섯 시 넘어 나왔다. 수영장에 그렇게 오래 있어 본 건 마흔셋 평생 처음이었다. 다리가 후들후들했다. 나를 제외한 어른들은 엄마, 이모, 할머니, 이모할머니 들이라 나 혼자 여덟 살, 여섯 살 사내아이들 두 명을 갈아입히고 씻기는 게 쉽지 않았는데, 생각해 보니 저희 마음대로 수영장 여기저기 돌아다니는 아이들을 쫓아다니는 것도 쉽지 않았다. 모든 것이 그랬다….

집에 돌아오는 길에 치킨 주문해서 저녁으로 먹는데, 갑자기 잠이 쏟아져서 꾸벅꾸벅 졸았다. 그러다 잠이 깨 버려서는 결국 새벽 세 시가 다 되어서 잤다. 정말 해병대 캠프라도 다녀온 기분이었다. 뭐든지 다 할 수 있을 것 같았다. 지긋지긋한 만성피로만 벗어난다면….

일요일에는 오전에 마트 가서 아이들 장난감 사 주고 집에 와서 점심 먹었다. 인천공항까지 운전해 가야 해서 방 침대에 엎드려 잠깐 자는데 누가 발목을 잡아서 깼다. 루이였다. 무슨 일이지? 했는데 특별한 이유는 없는 거 같고 그냥 한번 만져 본 거 같았다. 루이가 방문을 닫고 문 뒤에 숨었다. 나한테

서 숨은 게 아니라 바깥으로부터. 밖에서 들리는 어른들의 말을 들으니 루이가 호주 안 가고 나윤이랑 같이 살겠다며 숨은 모양이었다.

"루이야, 호주 안 가면 아빠는 어떡해?" 어른들이 묻자 루이가 대답했다. "엄마랑 유진이랑 가면 되잖아요."

어른 넷에 아이 둘, 대형 캐리어 세 개랑 보따리 가방 하나, 그리고 작은 가방 세 개까지 더하니 차가 꽉 찼다. 차가 좁아서 불편했는지 가는 내내 루이가 한숨을 푹푹 쉬었다. "루이야, 그러니까 아까 잘 숨었어야지." 지은이가 농담처럼 말했다. "미안해요." 루이가 침울한 목소리로 대구했다. 정말 잘못했을 때는 일단 "아니~"라고 시작하던 루이가 그렇게 말하니 어쩐지 마음이 그랬다.

길은 막히지 않았다. 〈기생충〉에서 박 사장(이선균 분) 개인 운전사 시험 주행하는 기택(송강호 분) 같은 기분으로 운전했다. 고속으로 코너를 도는 동안에도 손에 든 컵에서 음료가 넘치지 않도록. 음료가 든 컵을 들고 있는 사람은 아무도 없었지만⋯.

인천공항은 북적북적했다. 정신없이 짐 부치고 잠깐 앉아서 음료 마시고 눈물의 작별을 했다. 집에 돌아와서 나윤이가 말했다. "루이랑 유진이 오빠 가니까 보고 싶다. 그러면 안 돼?" 그래도 된다고, 아빠도 보고 싶다고 해 줬다.

나윤이 재우고 지은이랑 같이 TV 채널 돌리는데 KBS에서 돌봄 노동에 관한 시사 프로그램을 하고 있었다. 초등학교 1학년이 되면 어린이집이나 유치원과 달리 열두 시에서 한 시 사이에 아이들이 귀가하는 '돌봄 절벽'이 찾아온다고. 회사에 다니던 엄마들이 그때 퇴사를 가장 많이 고민한다고 한다. 이제 우리는 2년 남았네. 어머님도 그때쯤이면 체력적으로 더 힘들어지실 테니, 뭐라도 대책을 세워야 할 것 같긴 하다. 역시 내가 소설을 써서 대박을 치는 수밖에 없나? 이런 생각 자체가 이미 소설이기도 하고….

○ 2월 8일 수요일

어제는 독서 일기 초고 끝내고 새벽 세 시 넘어서 잤다. 마침표 찍고 나면 늘 그렇듯 조금 싱숭생숭해서 스마트폰으로 전자책들 뒤적이다가 잠들었다. 아직 끝이 아닌데.

점심 조금 전에 일어나서 밥 먹고 씻고 나갔다. 늦은 오후에 지돈 씨랑 출판사 미팅을 했다. 서문이나 발문이나 추천사를 어떻게 할 것인지, 편집의 방향은 어떤 식으로 할 것이며 일러스트는 또 어떻게 할 것인지 등의 실질적인 이야기들을 나누었다. 편집자님은 판매도 제법 괜찮지 않을까 기대하시는 것 같은데 과연….

미팅 끝나고 지돈 씨랑 둘이 남아 이런저런 이야기 하는데, 지돈 씨가 지금까지 썼던 글들은 실은 갈 곳이 없는 글들이었던 것 같다는 이야기를 했다. 그러게. 내가 쓰는 글들은 어디로 가는 건지, 누군가 읽기는 하는 건지. 그래도 간밤에 독서 일기 정리하면서 그런 생각을 했는데. 내가 썼지만 진짜 재밌다고. 누가 읽어도 재밌어할 거 같다고. 그러려면 누구든 우선 읽어야 하겠지만 말이다.

○ 2월 9일 목요일

나윤이가 밤새 코 막혀서 뒤척이며 잘 못 잤다. 아침에 일어나자마자 병원 데리고 가려는데, 갑자기 할머니랑 같이 가겠다고 했다. 나윤이는 늘 그렇다. 엄마가 제일 좋고, 할머니랑 아빠 중에서는 최근까지 본인과 함께 있던 사람을 좋아한다. 화요일 오후부터 할머니랑 있었으니 오늘은 할머니가 좋은 거지. 아빠랑 가자고 몇 번이나 설득했지만 실패하고 결국 다 같이 병원에 갔다. 코 안쪽 깊숙한 곳에 있는 콧물을 엄청 많이 뺐다.

집으로 돌아와서 나윤이에게 인사하고 작업실 갔다. 광역 버스 타고 가는 동안에 위즈덤하우스 홈페이지 위클리픽션 코너에서 연재하는 오한기의 〈나의 즐거운 육아 일기〉 읽었다. 안 팔리는 소설가가 작품에 집중하기 위해 '삼촌'이라고 불리는 심부름꾼을 고용해 글쓰기를 뺀 삶의 모든 부분을 맡겼다가 가족들 사이에서 점점 존재감을 잃어 가며 밀려나는 이야기인데, 뭐라고 해야 할까…. 하이퍼 리얼리즘? 지나치게 사실처럼 느껴져서 눈물이 날 정도였다. 특히 이런 부분이.

아빠가 바빠서 내일부터 주동이를 데리러 오지 못할 거야.
내가 말했다. 주동은 그럼 누가 데리러 오냐고 물었다.
삼촌.
내가 답했다.
다행이다.
왜?
나는 삼촌을 좋아하니까?
주동이 시큰둥하게 답했다.
그럼 나는 이제 아빠가 바뀌는 거야?
그리고 이어서 물었다.
응?

아빠는 나 유치원 데려다주는 사람이잖아. 그럼 삼촌이 이제 내 아빠인가?

아니, 주동아 그게 아니라⋯ 아빠가 등하원을 시켜 주지 않는다고 해서 아빠가 아빠가 아닌 게 아니라⋯

그럼 이제 아빠는 우주로 돌아가는 거야?

주동이가 내 말을 이해 못 한 듯 물었다.

우주로?

바보, 이 세상에서 사라지는 거냐고.

주동아, 그게 아니라⋯

와 예쁜 낙엽이다!

내가 어떻게 하면 쉽게 설명해 줄 수 있을지 고민하는 동안 주동이 낙엽을 주웠다. 그때 거센 바람이 휭 불어왔고, 주동의 손에 있던 낙엽이 바람을 타고 날아갔다. 그리고 환호성을 지르며 낙엽을 따라 달리는 순진무구한 주동이.

그러게, 아빠는 어디로 가는 걸까⋯

그 아름다운 광경을 보며 이렇게 되뇌었던 게 기억난다.

○ **2월 17일 금요일**

작업실 가기 전에 도서관 들러서『아노말리』랑『토피카 스

쿨』 반납하고 상호대차한 『스위트홈 살인 사건』 빌려서 버스 타러 가는데, 육교 아래 책 한 권이 떨어져 있었다. 이혜미 시인의 『뜻밖의 바닐라』였다. 도서관 인장이 붙은 걸 보니 누군가 대출해 가다가 흘린 모양이었다. 주워서 도서관 반납 함에 넣고 육교 건너서 버스 기다리는데 메시지가 왔다. 도서관이었다. 예약했던 『소설에 마진이 얼마나 남을까』가 들어왔으니 찾으러 오라는 것이었다. 안 그래도 요즘 도서관에 너무 자주 갔는데 이렇게 또….

할 일이 많은 날들이다. 작업실 와서 『김수영 전집 2』 펼쳤다. 1955년 2월 2일의 일기가 꼭 나에게 하는 말 같았다. 독서는 받아들이는 것이며, 생활은 뚫고 나가는 것이라고.

이 일기를 적으며 읽은 일기들의 목록

· 오한기, 『나의 즐거운 육아 일기』 위즈덤하우스, 2023
· 김수영, 『김수영 전집 2』 민음사, 2018

다시,

봄.

Spring

발등은 타고 있는데
어째서 마음이 편한 거지?

／ 안 가라앉는 날이 있나!

○ 3월 5일 일요일

집에 손님들 오는 건 진짜 오랜만이라 아침부터 정신없었
다. 김국 끓여서 아침 겸 점심 먹고, 화장실 청소하고, 빨래 개
고, 침대 시트 갈고, 분리수거하고, 과카몰리랑 감바스 알 아히
요 만들다 보니 어느덧 약속한 시간이 다가오고 있었다.

네 시 이십 분쯤 이상우에게 문자 왔는데 일정이 밀려 이
제야 출발한다고 했다. 한참 과카몰리 만들고 있던 중이라 다
행이라는 생각이 들었다. 그런데 왜 갈수록 손이 느려지는 것
같지? 예전 같았으면 벌써 요리를 끝내고도 남았을 시간인데
계속 붙잡고 있으려니 답답하고 초조했다. 그러고 보니 요즘

글 쓸 때도 그런데, 나이를 먹어서 그런가?

다섯 시 조금 전에 정지돈이 도착했다. 식탁 밑에 앉아서 태블릿을 보던 나윤이가 앉은 자세로 꾸벅 배꼽인사를 했다. 나윤이와 지돈 씨의 첫 만남. 나는 늘 나와 각기 다른 범주의 인간관계를 맺고 있는 사람들이 서로 마주치는 일이 어색하게만 느껴지는데(각기 다른 범주의 사람들을 만날 때 나 역시 조금쯤 각기 다른 범주의 사람이 되기 때문일 것이다) 둘의 만남은 이미 어색함을 초월해, 약간 초현실적으로 느껴지기까지 했다.

이런 아빠의 마음을 아는지 모르는지, 나윤이는 우리 집을 방문한 손님을 최선을 다해 맞아 주었다. 갑자기 멜로디언을 꺼내서 불고, 뽀로로 코딩 컴퓨터를 하게 해 주고, 스케치북을 보여 주기도 하면서….

얼마 후 상우 씨와 상우 씨 친구도 왔다. 전에 한 번 봐서 그런지 나윤이가 무척 반가워했다. 다 같이 식탁에 둘러앉아 본격적으로 먹고 떠들기 시작했다. 매일 일기를 쓰지만 이런 만남에 대해 뭘 써야 할지 아직도 모르겠다. 말 그대로 '이런저런 이야기를 했다'는 것밖에는. 문학과 음악과 영화와 사람과 관계와 그 밖의 살아가는 일에 대한…. 다만 나윤이가 무척 즐거워했다는 사실은 기록해 두고 싶다. 아이스크림 케이크도 잔뜩 먹고, 인공지능 스피커에게 〈렛 잇 고〉 노래 틀어 달라고 해서 직접 안무한 무용도 선보이고, 오랜만에 기차놀이 장난감도 바리바리 거실로 들고 나와 뽐내고, 캠핑 놀이도 하고. 문득 나윤이는 나중에 이 사람들이 나름 유명한 소설가고 예술가라는 사실을 기억할까, 하는 생각이 들었다. 아마 아니겠지. 나 어렸을 때 집에 아빠 친구인 나름 유명한 만화가들이 종종 놀러 왔다지만 나는 전혀 기억하지 못하는 것처럼.

안 자겠다고 우는 나윤이를 자꾸 그러면 다음부터 안 놀러 온다며 달래서 겨우 재웠다. 자정 조금 넘어 다들 돌아갔고, 지은이가 잠에서 깬 나윤이 재우러 들어간 사이, 나는 설거지하고 또 한가득 쌓인 재활용품 분리수거했다. 미루지 않기. 조금 늦었지만 그걸 올해 목표로 삼아야겠다.

○ 3월 6일 월요일

밤새 나윤이가 열이 나서 자다 깨다 했다. 새벽에 해열제 먹고 조금 나아지나 싶었는데, 아침이 되자 다시 나빠졌다. 열도 나고 머리도 아프고 힘도 없다고 어린이집 안 가고 싶다고 해서 그러자고 했다. 어제 아이스크림을 너무 많이 먹어서 그런가? 춥다고 이불을 뒤집어쓰고 끙끙거리는 모습을 보니 가슴이 찢어질 것 같았다. 계속 누워 있겠다는 걸 겨우 일으켜서 누룽지 끓인 거 먹이고 병원에서 약 받아 왔다. 약 먹이고 재운 다음, 가습기 청소하고 설거지하고 나윤이 옆에 앉아서 일기 썼다. 두 시간쯤 잤나? 나윤이가 말짱해진 얼굴로 일어나 말했다. "이제 정말 안 아픈 것 같아." 열도 내렸고, 정말 다행이지 뭐야…. 그렇게 생각하고 있는데 갑자기 피로가 밀려왔다. 한동안 일 때문에 무리한 데다가 어제 손님을 맞았던 여파가 뒤늦게 오는 모양이었다.

종일 나윤이와 꼭 붙어 보냈다. 저녁에 지은이 퇴근해 다 같이 밥 먹으면서 내일모레 엄마 아빠 결혼기념일이라고 하니까 나윤이가 "그래? 그래서 결혼 또 해?"라고 물었다. 아니라고 했더니 나윤이가 말했다.

"결혼 한 번 더 해서 아기 또 데리고 오고 그러지 마."

도대체 무슨 생각으로 그런 말을 하는 건지 알 수가 없다….

○ 3월 10일 금요일

어제 버스에서 내려 집으로 걸어가면서, 내 일기는 있었던 일들과 그것에 대한 약간의 코멘트, 그리고 푸념으로 이루어져 있는데 스타일을 조금 바꿔 보면 어떨까 생각했다. 깊은 사유

와 성찰, 전망과 고뇌… 같은 것을 쓰면 좋지 않을까 하는 생각이었다. 그치만 음, 쓸 수 있었으면 진작에 쓰지 않았을까?

이번 달 〈일기-일기〉 연재 원고에 어떤 일기를 인용할까 하다가, 러시아가 우크라이나를 침공한 지 벌써 1년이 되었다는 사실을 뒤늦게 떠올리고 부랴부랴 올가 그레벤니크의 『전쟁일기—우크라이나의 눈물』을 펼쳤다. 그레벤니크는 그림책 작가이자 아홉 살과 네 살 두 아이의 엄마다. 평소와 다름없는 일상을 보내던 그는 2022년 2월 24일 새벽 다섯 시 삼십 분, 폭발 소리에 잠에서 깬다. 그날부터 폭격을 피해 지하실과 9층 집을 왔다 갔다 하던 그녀는 9일째 되던 날, 아이들을 위해 피난을 가기로 결심한다. 남편과 어머니와 이별한 채 두 아이와 강아지 한 마리를 데리고 무작정 도시를 떠난다. 그리고 낯선 도시에서 난민 생활을 시작한다.

책은 짧았다. 여운은 길었다. 그리고 나는 이 원고에 인용할 문장을 찾을 수 없었다. 인용할 만한 문장이 없어서가 아니었다. 뭐라도 쓸 만한 문장을 찾아 슬프고도 긴박한 기록을 기웃거리는 스스로가 너무 한심하게 느껴졌기 때문이다.

얼마 후, 씁쓸한 마음으로 또 다른 책들을 넘기던 나는 기어코 오늘 나의 일기에 인용할 남의 일기를 찾아내고야 만다. 퍼포먼스를 하고 비평을 하는 홍승택이 일인 출판을 통해 직

접 출간한 『텔레파시』에서, 그는 2022년 3월 12일의 일기를
이렇게 쓴다.

일기는 강박증의 형식이 맞는 것 같다. 애초에 몇 월 며칠
이라는 구분 자체가 문명의 강박을 보여 주는 것이다. 게
다가 약간 사기다. 4년에 한 번씩 2월이 하루 추가되는 게
말이 되나? 그런데 그렇게 구분된 날들 안에 자신의 일상
을 기록하는 일기는 강박적인 것이 맞다. 그럼 강박에서
벗어나고 싶은 나는 왜 일기를 쓰나? 우선 나의 강박을 표
면 위로 드러내고 싶기 때문이다. 그럴 필요가 있을 것 같
기 때문이다. 그렇게 해서 그렇게 쓰인 무언가를 보면서,
바라보면서 느끼는 바가 있을 거라 기대하기 때문이다. 또
있다. 강박은 특정한 기표를 추출하는 데 유용한 형식이
다. 그러니까 강박은 어떤 기표를 숨기고 있는지, 과도하
게 드러내고 있는지가 눈에 잘 띄게 하는, 그런 부끄러운
형식이다.

○ 3월 11일 토요일
오랜만에 가족이 다 함께 도서관에 갔다. 엄마 아빠는 걷

고 나윤이는 자전거 탔는데, 어느새 나윤이 몸에 자전거가 작게 느껴졌다. 기온은 높아도 바람은 아직 찼다.

지은이랑 나윤이가 1층 어린이 도서관 가 있는 사이, 2층 올라가서 책 반납하고 상호 대차 신청한 대니 샤피로의『계속 쓰기』빌려서 내려왔다. 나윤이는 전에 왔을 때는 도서관이 낯선지 여기저기 조심스럽게 기웃거리다 금세 집에 가자고 하더니, 오늘은 앉아서 책도 보고 빌리고 싶은 책 고르라니까 서가를 돌아다니며 쏙쏙쏙 세 권을 골라 사서 선생님에게 갖다주었다.

도서관을 생각하면 언제나 이상우의『두 사람이 걸어가』의 한 장면이 떠오른다. 어느 해 3월 8일의 기록을 이상우는 이렇게 쓴다.

도서관에 가니 창으로 햇빛이 비스듬히 들어와 밝은 먼지들 사이를 걸었다. 올가 포키나의『가벼운 집』,『전차』,『세 가지 빛』을 골랐지만 펼쳐 보진 않고 책상 위에 올려 둔 채 표지만 구경했다. 안경 닦는 소리, 눈에 익은 학생 몇이 러시아 문학 코너를 서성이는 것을 보곤, 책들을 다시 꽂아 놓은 후 교정으로 나섰다. 자전거 탄 사람들이 이마를 내보이면서 사라짐.

가끔 책을 읽다 이런 문장들을 만날 때면 꼭 마법처럼 느껴진다. 이 책은 일기 형식을 띤 소설로 어느 정도는 실제 일어났던 일이겠지만, 어느 정도는 실제 일어날 수 없었던 일이고, 나는 그런 것과 아무 상관 없이 그것이 내가 아는 이상우가 내가 모르는 나라에서 내게는 낯선 빛과 언어와 소음과 관계 속에서 생활하는 모습이라고, 적어도 어떤 가능 세계의 하나에서 실제의 이상우는 그것을 살았다고 생각하기를 좋아한다. 어쩌면 바로 그게 내가 일기를 읽고 또 쓰기를 좋아하는 이유인지 모르겠다. 나도 일기를 더 잘 쓰면 좋을 텐데.

○ 3월 23일 목요일

마감해야 할 원고는 손도 못 댔는데 친구들 만나러 나갔다. 오랜만에 '이쪽 범주' 친구들이 거의 다 모였다. 몇 년 만에 보는 친구와 올해 들어 처음으로 보는 친구가 있었고, 3일 연속으로 보는 친구도 있었다. 가족 다음으로 많이 본 그 친구의 이름은 정지돈…. 늘 가는 망원의 중국 음식점에서 마파두부, 탕수육, 깐풍기, 유린기, 군만두 먹으며 '이런저런 이야기를 했다'. 음식은 맛있었고, 이야기는 즐거웠다. 한참 동안 웃고 떠들다 문득 궁금해졌다. 할 일은 쌓였고 발등은 이미 활활 타오르고 있는데 나는 어째서 이렇게 마음이 편한 거지? 자포자기?

1949년 3월 20일, 보트를 타고 항해 중이던 스타인벡은 일기에 이렇게 쓴다.

에스프리투 산토섬에 정박하고 있자니 검정 색깔의 요트 하나가 날쌔게 지나갔다. 차일을 친 갑판에는 흰 옷을 입은 신사 숙녀들이 편안하게 앉아 있었다. 큼직한 술통이 그들의 곁에 놓여 있는 것이 보였다. 조금은 얄미운 생각이 들었다. 우리의 맥주가 벌써 떨어졌기 때문이었다. "저런 걸 타고 다니는 놈들은 마마보이 같은 놈들일 거야"라고 티니가 내뱉다시피 말했다. 그러고 나서는 좀 안되었는지 "내 추측이 좀 지나쳤는지도 모르지" 하고 누그러졌다. 요트는 수평선 쪽으로 사라지고 있었다. 그 대신 더럽고 느릿느릿한 화물선 한 척이 그 수평선을 기어오르더니 라파즈 수로 쪽으로 비틀거리며 흘러갔다. 배에서는 펌프의 물이 쏟아져 나왔다. 우리는 해안에 있는 어떤 사람을 보고 "가라앉는 모양인데" 하고 말했다. 그 사람은 침착한 음성으로 "안 가라앉는 날이 있나!" 하고 대꾸하는 것이었다.

그러니까 내 말은, 어차피 가라앉을 거면 즐겁기라도 해야 한다는 거다.

이 일기를 적으며 읽은 일기들의 목록

- 올가 그레벤니크, 『전쟁일기』 정소은 옮김, 이야기장수, 2022

- 호스트(홍승택), 『텔레파시』 랑, 2022

- 이상우, 『두 사람이 걸어가』 문학과지성사, 2020

- 빅토리아 여왕 외 62인, 『일기』 안상수·이혜정 옮김, 지식경영사, 2003

오늘도 자라느라
고생이 많은 나윤이는

너도 아이처럼
그냥 계속 뚝딱거려 봐

○ 4월 1일 토요일

정말 거짓말 같은 하루. 아침부터 병원 '오픈 런' 해서 나윤이 진료 받고, 곧바로 〈캐치! 티니핑〉 뮤지컬 보러 고양어울림누리에 갔다. 전에 한번 어울림누리를 아람누리로 착각하고 잘못 갔던 적이 있어서 오늘은 내비게이션을 확인, 또 확인했다. 뮤지컬 끝나자마자 다시 차를 몰아 서울 할머니 댁으로.

점심 먹고 조금 쉬다가 불광천 산책하기로 했는데, 불광천까지 어떻게 갈지가 문제였다. 어르신들은 걸어가신다는데 나윤이 데리고 걸어갈 수는 없고, 그렇다고 차를 가져가자니 주차할 곳이 마땅찮고. 안 그래도 얼마 전부터 나윤이가 버스를

197

타고 싶어 했는데 이번 기회에 한번 같이 타 볼까? 슬쩍 운을 띄웠는데 아내가 반대했다. 버스에 자리 없으면 어떡하냐고, 차라리 택시를 타자고. 그러자 나윤이가 말했다.

"버스! 버스! 버스! 나 버스 타고 싶어! 나 버스 탈 수 있어!"

버스 정류장까지 500미터 남짓 걸어가는데, 차도와 인도 구분 없는 이면 도로로 차들이 끊임없이 지나갔다. 일산으로 이사 가기 전까지 평생 이곳과 다르지 않은 곳에서 살았고, 아이를 기르기 전까지는 아무 생각 없었지만, 이제는 걷는 내내 마음이 조마조마했다.

버스는 금방 왔고 빈자리도 있었다. 앞쪽 자리에 나윤이 앉히고 옆에 서 있는데 나윤이가 물었다. "엄마 아빠는 왜 안 앉아?" 자리가 없다고 했더니 뒤를 가리키며 말했다. "저기 자리 있어!" 저기 앉으면 나윤이 옆에 못 있어서 그냥 서 있겠다고 하니 아무 말도 하지 않았다. 별로 공감하지 못하는 눈치였다.

응암역 앞에서 할머니 할아버지 만나 불광천을 걸었다. 사람들과 개들로 북적북적했다. 어느새 벚꽃이 만개해 있었다. 정작 벚꽃 축제는 다음 주라는데, 그때는 다 지고 없을 듯. 의도한 건 아니었지만 이렇게라도 벚꽃을 봐서 다행이라는 생각이 들었다.

나윤이는 벌써 지친 모양이었다. 사람이 너무 많아서 나도 진이 빠지는 것 같았다. 앉아서 물 마시며 잠깐 쉬고 있는데, 나윤이가 징검다리를 건너겠다고 했다. 손을 잡고 첫 번째 징검돌에 올랐다. 그때 나윤이가 혼자 가겠다며 아빠는 오지 말라고 했다. 아빠가 먼저 앞서가는 것도 싫고 따라오는 것도 싫다면서 나를 밀쳤다. 그런데 이제 손가락은 내 옷을 꽉 쥐고서…. 입으로는 빨리 가라고 짜증을 내면서도 손은 놓지 않고 오히려 점점 더 세게 쥐는 나윤이. 혼자 건너고 싶지만 아직은 무섭고, 그래서 외려 목소리는 더 커지는 걸까?

"아빠 가! 나 혼자 갈 거야!! 나 혼자 갈 거라고!!!"

어쩔 수 없지. 내 옷을 붙잡은 나윤이의 손을 천천히 떼어놓고 성큼성큼 앞서 걸어갔다. 다리 중간쯤에서 뒤를 돌아보니 나윤이가 잠시 안절부절못하며 몸을 들썩이더니, 부루퉁한 얼굴로 손을 들어 나를 부르며 말했다.

"그냥 일루 와, 나 이거 안 건널 거야…."

결국 어르신들은 운동 삼아 걷다 오시라고 하고 우리끼리 먼저 집으로 출발했다. 나윤이가 주스 마시고 싶다고 해서 버스 내리자마자 보이는 커피 체인점에 들어갔다. 넓은 매장이었는데 빈 테이블이 딱 하나 있었다. 직원도 딱 한 명이었다. 테이크아웃 주문이 끊이지 않아서 혼자 쉼 없이 바쁘게 움직이고 있었다.

　한참 기다려 음료를 받았다. 그새 잠든 나윤이 깨워 주스를 먹이는데 자꾸 손가락을 입에 넣길래 그러면 세균이 입에 들어가서 감기 걸린다고 했더니 "내 마음대로 할 거야!" 하며 짜증냈다. 그냥 말이라도 알겠다고 하면 안 되는 건가, 그런 생각이 절로 들었다. 잠이 덜 깨서 그런지 짜증은 좀처럼 가라앉지 않았고, 신경질적으로 팔을 휘두르다 아내가 주문한 아이스 카페모카 잔을 쳐서 바닥에 쏟았다. 와르륵!

　소란하던 커피숍이 순간 조용해졌다. 모든 사람이 우리를 쳐다보는 듯했다. 커피가 사방팔방 튀었다. 의자 위에 올려 두었던 나윤이 니트 가디건이 흠뻑 젖었고, 내 후드티 팔 부분도 커피 범벅이 되었다. 멍하니 있던 나윤이가 뒤늦게 울음을 터뜨렸다. 나도 울고 싶었다. 무작정 카운터로 향했다. 물티슈가 보이길래 가져왔는데, 그걸로 바닥에 흥건한 커피가 닦일 리 없었다. 직원에게 부탁해서 대걸레를 빌려왔는데, 몇 번 훔치자 이내 물기를 잔뜩 머금어서 더는 닦이지 않았다.

　손으로 얼음을 모아 잔에 넣고, 남은 물기는 물티슈로 훔치고 잔에 짠 다음 다시 훔치는 식으로 닦아 냈다. 그러는 동안 아내는 나윤이를 달래고 있었다. 일부러 그런 게 아니니까 나윤이도 놀랐겠지. 그렇지만 입에 손 넣지 말라고 했다고 손을 휘두르며 짜증을 내는 건 잘못한 게 맞다. 이럴 땐 어떻게 말해야 하지? 모르겠고 그냥 얼른 손을 씻고 싶고 커피숍을 나가고만 싶었다.

어느새 바람이 쌀쌀해졌다. 바깥공기를 쐬고 나니 그제야 정신이 조금 돌아오는 것 같았다. 횡단보도에서 신호 기다리는데, 나윤이가 인도와 차도 사이 경계에 불 들어오는 블록을 밟으면서 점점 차도 쪽으로 움직였다. 안으로 들어오라고 했더니 또다시 "내 마음대로 할 거야!"가 시작되었다. 위험해서 그러니까 조금만 안쪽으로 오라고 해도 막무가내였다. 차들은 아랑곳하지 않고 씽씽 지나갔다. 이러다 잘못하면 차에 치이겠다 싶어서 나윤이를 몸으로 감싸 안았다. 그러는 동안에도 나윤이는 저리 비키라며 나를 밀쳤다.

길을 건너 이면 도로를 걸어가는 동안에도 계속 그런 식이었다. 결국 아내가 멈춰서 이렇게는 못 간다고, 여기는 차가 다니는 위험한 길이라 엄마 아빠 말을 들어야 한다고 혼냈다. "저기로 내 마음대로 가고 싶어!" 나윤이가 소리치며 갑자기 길 가운데로 뛰어가려고 했다. 내가 얼른 붙잡으니 소리를 지르며 다시 몸부림치면서 내 얼굴을 마구 때렸다. 머릿속이 하얘졌다.

계속 갈 수도 없고 이대로 길을 막고 이야기할 수도 없어서, 나윤이를 번쩍 들고 건물 안쪽 공간으로 갔다. 그곳에서 다시 한 번 차근차근 이야기해 줬다. 사람 다니는 길이랑 차가 다니는 길이 구분이 되어 있지 않아서 조심해야 한다고, 아이들은 몸집이 작아서 차에서 보면 안 보이니까 더 조심해야 한다고. 그러자 "나는 아이 아니고 언니라서 다 보여!"라며 한참 고집 부리던 나윤이가 어느 순간 울먹이며 집에 가고 싶다고, 지금 갈 거라고, 이 동네 싫고 앞으로 할머니네 집에 안 올 거라고 했다. 저녁밥 먹고 갈 거라고 했더니 나윤이가 말했다.

"집에 밥 없어? 왜 없어? 그냥 밥해서 주면 되잖아."

아마 오늘 하루 종일 이것저것 쌓인 게 많았던 모양이다. 서울 할머니는 안산 할머니랑 달리 무조건 오냐오냐 해 주지 않는 데다가 공 던지기 놀이 하면서 져 주지도 않지, 코 파지 말고 입에 손 넣지 말라는 이야기를 엄마 아빠 할머니한테 번갈아 가면서 계속 들었지, 거기다 마음대로 걷지도 못하게 하지…. 그래도 할머니 집에 도착할 때쯤에는 어느새 기분이 많이 풀려 있었다. 정작 내 기분은 여전히 착잡했는데.

점심에 먹다 남은 백숙 국물로 만둣국 끓여 먹었다. 저녁을 먹고 나니 갑자기 피곤이 몰려왔다. 연신 하품하는 나를 보며 할머니가 "나윤아, 니네 아빠 맨날 피곤해서 큰일이다" 했더니 나윤이가 갑자기 "밤에 나 기침하면 아빠가 벌떡 일어나!" 하며 누웠다가 벌떡 일어나는 시늉을 했다. 괜히 마음이 짠했다.

과일 먹던 나윤이가 구석에서 긴 막대기 아래 동그란 무게 추 같은 게 달린 기구를 꺼내 왔다. 엄마에게 물어보니 오십견을 예방하는 운동기구라고 했다. "이거 꼭 마이크 같네?" 나윤이가 말했다. 그래서 노래 한번 불러 보라고 했더니 부끄러워하며 안 할 것 같다가 갑자기 〈떴다 떴다 비행기〉를 부르기 시작했다! AI 스피커에 노래 틀어 달라고 하고 따라 부르는 건 많이 봤어도 이렇게 혼자 어떤 노래를 처음부터 끝까지 부르는 걸 보는 건 처음이었다. 나도 모르게 웃음이 나왔다. 박수 박수 박수!

노래를 마친 나윤이가 관객을 향해 말했다.

"자, 이제 다음은 누가 부를 거야? 부를 사람 손 드세요. 부를 사람 손 들어!"

결국 엄마 아빠 할머니 할아버지가 차례대로 나와서 한 곡씩 노래를 불렀다. 나윤이는 소파에 앉아 오늘 뮤지컬 보러 가서 산 마법봉을 흔들며 응원해 주었다. 그리고 다시 나윤이가 노래를 불렀고, 엄마 아빠 할머니 할아버지도 한 곡씩 더 불렀다. 그러자 나윤이가 말했다.

"이제 그만하고 집에 가자."

그래서 그렇게 했다. 오늘도 자라느라 고생이 많은 나윤이는 돌아가는 차 안에서 곤히 잠들었다. 그리고 나는 텅 빈 눈으로 밤의 도로를 바라보며 해야 할 일들을 생각했다. 할 일이 진짜 많은데, 아직 시작도 안 했는데, 근데 벌써부터 왜 이렇게 피곤한 걸까….

○ 4월 30일 일요일

어느새 4월도 마지막 날이라니 정말 믿기지 않는다. 잠도 못 자고 너무 많은 일을 했는데, 아직 해야 할 일의 반도 하지 못했다. 정확히 말하면 반의 반도 못했네. 그래도 중순까지는 그럭저럭 할 수 있을 것 같았는데, 넷째 주말에 나윤이가 아데노바이러스 걸리는 바람에 처음부터 불가능했던 계획이 두 배로 불가능한 계획이 되어 버렸다. 새벽마다 나윤이가 기침하는 통에 온 가족이 잠을 못 잤는데, 그래도 다행히 많이 좋아진 것 같다. 엄마 아빠 할머니는 이제 아프기 시작했지만…. 근데 진짜 코로나보다 더 아프다더니 장난이 아니다. 특히 목이 찢어질 것 같아.

그래서 그런가? 이번 달 〈일기-일기〉를 위해 모은 다른 사람들의 일기도 대부분 어두운 내용이다.

룰루 밀러의 1999년 4월 8일의 일기

빛을 발하는 건 전혀 보이지 않아.

강보원의 2020년 4월 27일의 일기

나는 현재가 싫고 미래는 더더욱 싫다. 가장 싫은 것은 지금-도래-한-바-미래로서의 현재다.

현호정의 2021년 4월 20일의 일기

할머니는 반찬 투정이 심한 편이었고 밥을 잘 드시면서도 밥맛이 없다는 말을 입에 달고 살았는데 그런 때에도 유일하게 잘 드시는 반찬이 바로 그 간장을 넣고 조린 꽈리고추와 멸치라서 나는 할머니가 멸치를 볶을 때면 할머니가 밥을 먹기 위해 정말 노력한다는 인상을 받을 수밖에 없었다. 그리고 어린 나는 그것이 싫었던 것 같다. 할머니가 열심히 밥을 먹는 것.

그렇다고 지나치게 우울해하는 것도 썩 좋은 것 같지는 않다. 무엇보다 그럴 시간이 없다…. 그래서 마지막은 크리스토프 쉴링엔지프의 일기를 옮긴다. 거칠 것 없던 젊은 예술가에서 시한부 선고를 받은 암 환자가 된 쉴링엔지프는 근거 없는

낙관과 끝없는 절망을 쉼 없이 오가다 2008년 4월 20일의 일기를 이렇게 쓴다.

네가 지금 가진 것에서, 계속 꿈지럭대고 뚝딱거리는 것에서, 충만함을 느껴야 한다. 그리고 너는 때로 자신에게 이렇게 말하겠지. 이제 더는 못 하겠어, 좀 앉아야겠어. 그래야 하면, 그래야 하는 거다. 어쩌면 너는 그걸 해낼지도 몰라, 크리스토프. 애를 써 봐, 그리고 마음 단단히 먹어. 어디서나 뚝딱거리고들 있으니, 너도 아이처럼 그냥 계속 뚝딱거려 봐. 그것만 해도 어디야. 그것만으로도 이미 멋져.

부디 하늘에서 평안하시길.

이 일기를 적으며 읽은 일기들의 목록
- 룰루 밀러, 『물고기는 존재하지 않는다』, 정지인 옮김, 곰출판, 2021
- 강보원·김유림·나일선, 『셋 이상이 모여』, 기획:1, 2020
- 현호정 외 6인, 『2023 제14회 젊은작가상 수상작품집』, 문학동네, 2023
- 크리스토프 쉴링엔지프, 『천국도 이곳만큼 좋을 수는 없다!』, 이재금·이준서 옮김, 앨피, 2023

나는 미쳤다,
나는 글들을 지배한다

어떤…… 막막함이……
중첩되었다

○ 5월 3일 수요일

일도 안 되고 시간도 늦어서 슬슬 집으로 돌아갈 준비를 하고 있는데 전화가 왔다. 지돈 씨였다. 어제 오랜만에 통화했는데 하루 만에 무슨 일이지? 생각하며 받았는데, 받자마자 자꾸 전화해서 미안하다고, 혼자 생각하다가 정연 씨한테 말해야 할 것 같아서 전화했다고 했다.

"요즘 소설을 끝까지 못 읽겠어요. 계속 이렇게 안 읽으면 안 될 것 같아서 제가 생각해 봤는데…"

"독서 모임 하자고요?"

"유튜브 하자고요…."

나는 잠시 귀를 의심했다. 몇 년 전부터 내가 아무리 유튜브를 해야 한다고 해도 들은 척도 하지 않더니 이제 와서 갑자기? 읽고 싶은 책을 정해 한 달에 한 번씩 유튜브 라이브를 하자, 미리 책을 공지해서 책을 읽은 다른 사람들도 와서 자유롭게 댓글을 달며 일종의 난상 토론을 하자고 지돈 씨는 말했다.

그래서 우리는 유튜브를 하기로 했다, 라고 쓸 수 있으면 좋을 텐데. 어느새 우리는 아이디어가 떠올라도 무작정 실행으로 옮기지 못하는 나이가 되었다. 생각이 너무 많아진 것이다. 그렇다고 하지 않기로 한 건 아니고, 하기는 할 거다. 언제 할지는 모르겠지만….

문제는 어떤 책을 다루느냐는 건데, 일단 한국 소설은 할 수가 없다. 이것저것 얽혀 있는 게 너무 많기 때문이다. 욕을 할 수도 없고(작가들 눈치가 보이므로) 칭찬만 할 수도 없다(독자들 눈치가 보이므로). 그렇다면 상대적으로 자유로운 외국 소설을 하자, 그중에서도 좋은 책, 우리도 좋아할 수 있고 남에게도 추천할 수 있는 책을 하자! 그런데 그런 책이 뭐가 있지? 우리가 아직 안 읽은 책 중에서 그런 책을 고를 수가 있나?

책이야 차차 정하면 된다. 중요한 건 이름이다. 그래서 우리는 나오는 대로 이름들을 대기 시작했다. 대부분은 아무리 일기라도 쓸 수 없는, 아니 쓸 순 있지만 쓰고 싶진 않은 이름들이었다….

그러다 갑자기 번쩍, 하며 아이디어가 떠올랐다. 내가 외
쳤다.

"지돈티비! 어때요?"

지돈 씨가 한숨인지 분노인지 모를 것을 내뱉었다.

"야…"

내가 재빨리 덧붙였다.

"지식이 돈이 되는 지돈티비."

그러자 지돈 씨가 말했다.

"어, 그건 좋은데…."

○ 5월 10일 수요일

아침부터 너무 피곤했다. 어제는 그래도 오랜만에 일찍 잤
는데. 한 시 조금 넘어서. 일을 하나도 하지 못한 것치고는 너
무 늦게 잤다고 해야겠지만….

오늘은 진짜 단행본 작업을 시작해야 하는 날. 어제 시작
했거나 일주일 전에 시작했거나 작년에 시작했으면 정말 좋았
겠지만 그러지 않았으니 오늘은 반드시 시작해야 했다. 그렇지
만 좀처럼 시작하고픈 마음은 들지 않아 공연히 트위터나 들

여다보며 시간을 죽였다. 급할수록 돌아가라는 말도 있지 않던
가?

하라 료(소설가, 76세)가 세상을 떠났다는 소식을 들었다.

로버트 드니로(영화배우, 79세)가 새로 자식을 봤다는 소식
을 들었다.

새삼 사람의 시간이란 저마다 천차만별이라는 생각을 했
다. 나의 시간으로 말하자면… 너무 적고 작고 희박해서 숨 쉬
기가 힘들 지경이다. 이대로는 안 될 것 같아서 나는 스스로에
게 말했다. 나는 짱이다, 나는 미쳤다, 나는 글들을 지배한다,
이것은 모두 사실이다, 라고….

○ 5월 15일 월요일

새벽 다섯 시까지 원고 붙잡고 있었는데 진도는 하나도 못
나갔다. 자려고 누워서 웹 소설 몇 편 읽다가 잠들어 열한 시
반쯤 일어났다. 오랜만에 푹 잤다. 그렇지만 머리는 여전히 무
거웠다. 커피 마시고 책상 앞에 앉아 마저 일했다.

원래 오늘까지 단행본 3분의 1 분량을 보내 주기로 했다.
대략 원고지 200매 정도인데, 90매밖에 쓰지 못했다. 담당자
에게 원고 파일을 첨부한 메일을 보내며 덧붙였다. 분량은 5

분의 1밖에 되지 않지만 내용적으로 보면 절반이나 다름없다고….

일단 한고비는 넘겼다 생각하며 남아 있는 다음 마감들을 생각했다. 하나, 둘, 셋, 넷, 다섯, 여섯…. 지금 내 심정에 꼭 맞는 표현을 며칠 전 박서련 작가가 쓴 2017년 5월 6일의 일기에서 발견했다. 이런 표현이다.

어떤…… 막막함이…… 중첩되었다.

○ 5월 16일 화요일

늘 너무 피곤하다. 정말 일찍 자야 하는데 그게 잘 안 된다. 마흔 살이 넘어서까지 이런 고민을 하다니 나는 정말 야행성인 것 같다. 문제는 세상은 야행성이 아니라는 것. 그리고 나도 야행성이라고 하기에는 몸이 너무 축난다는 것….

잠을 자지 못하는 가장 큰 이유는, 정확히 말하면 적당한 시간에 자러 들어가지 못하는 가장 큰 이유는 초조함과 불안과 아쉬움, 뭐 그런 것들 때문이다. 오늘이 만족스럽고 내일이 기대되고, 이렇질 않으니 선뜻 자러 갈 수가 없는 거다. 가끔은 다른 사람들은 대체 어떤 생각으로 자러 가고, 눈을 뜨고, 하루

하루를 살아가는지 궁금하기도 하다.

스톡홀름에서 학생들에게 문학을 가르치던 악셀 린덴은 어느 날 도시 생활을 접고 시골 목장으로 내려가 양을 치기 시작했다. 목장 생활을 시작하고 두 번째로 맞은 봄, 5월 6일의 일기를 린덴은 이렇게 썼다.

다들 느끼고 있다. 우리가 사는 세상은 지속 불가능하다. 이 세상에 지속 가능한 것은 아무것도 없다. 이 세상이 지속 가능했던 적도 없다. 그런데 다들 별일 아닌 척한다. 좋은 생각이 있는 척, 바꿀 수 있는 척한다. 왜들 그러는지 잘 모르겠다.

내 말이.

○ 5월 27일 토요일

생일 맞은 어린이집 친구들에게 선물할 기념품 사러 제주 공항 근처에 있는 기념품숍 갔는데, 생각보다 살 게 많지 않다. 볼펜이랑 거울이랑 핀이랑 키링 사고 렌터카 반납하러 가는데, 내비게이션이 이상한 길을 가르쳐 줬다. 좌회전해서 좁은 골목으로 들어가 빙빙 돌아가는 길이었는데, 지금 생각하면 이해가 가지 않는다. 실은 거기로 들어가느라 좌회전을 하느니 유턴을 하면 되는 일이었기 때문이다. 불법 유턴이라서 그렇다 치기에는 좌회전 신호도 없었다.

물론 그때는 그걸 몰랐고 선생님 말씀을 듣는 착한 어린이처럼 좌회전해서 골목으로 진입했고 복잡한 도형을 그리듯 차 한 대가 겨우 지나갈 수 있는 좁은 길을 구불구불 따라갔다. 들어가면 들어갈수록 마치 심해에 내려가듯, 공기가 희박해지며 답답해지는 느낌이었다. 그러다 그나마 차 두어 대가 다닐 수 있을 만한 길로 통하는 마지막 골목길로 들어섰는데, 15도쯤 비스듬하게 오른쪽으로 꺾여 있는 골목을 바라보자 숨이 턱 막히는 기분이었다. 폭이 너무 좁았다. 여기를 차가 지나갈 수 있다고? 그렇다고 뒤로 돌아가기는 이미 너무 늦었다. 후진으로 경로를 되짚어 돌아갈 능력과 의지가 내게는 없었다. 나는 내비를 믿어 보기로 했다. 바닥도 최근에 아스팔트로 까맣게 포장된 것처럼 보였으니 차가 다닐 수 있기는 할 것이다. 천천히 브레이크에서 발을 떼고 앞으로 나아가고 있는데 끼이이익, 어디선가 불길한 소리가 들려왔다. 조수석 사이드미러가 벽에 닿아 긁힌 것이었다. 운전석 쪽 사이드미러도 벽이랑 불과 5센티미터도 떨어져 있지 않은 상황이었다. 그렇다면 대략 양옆으로 2.5센티미터의 여유를 두고 골목을 지나가야 한다는 건데… 그게 가능한가? 순간적으로 패닉이 왔다. 혼자였다면 그 자리에 멈춰서 경찰을 불렀을지도 모른다. 경찰을 불러서 뭘 어떻게 해야 할지는 모르겠지만.

하지만 가족이 있었다. 문을 열 공간조차 없는 어딘지도 모를 골목에서 차를 멈출 수는 없었다. 나는 조수석 사이드미러가 벽에서 떨어지도록, 그리고 운전석 사이드미러가 벽에 닿지 않도록 핸들을 미세하게 움직이며 천천히 천천히 앞으로 나아갔다. 5미터 남짓한 짧은 골목을 빠져나가는 기간이 거의 평생처럼 느껴졌다.

골목길을 빠져나와 큰길을 달리는 동안에도 내내 기분이 멍했다. 다행히 렌트하며 자차 보험을 들어 두었고, 사이드미러도 아주 살짝 긁힌 것뿐이지만 그 순간을 생각하면 지금도 비슷한 기분이 든다. 아찔하다기보다는 막막한, 비명이 터져 나오기보다는 잇새로 작은 신음이 새어 나오는, 어떤 거대한 체념과도 닮은 그런 기분. 다시 생각하니 그건 일이 잔뜩 밀렸는데 도저히 제 시간에 해낼 길이 없을 때 느끼는 기분과 닮았다. 다시 말해, 나는 늘 그런 기분이라는 거다….

○ 5월 30일 화요일

　'필름 다이어리'라는 장르를 개척한 리투아니아 출신 영화 감독 요나스 메카스를 다룬 다큐멘터리 〈낙원의 파편〉 온라인 무료 상영회를 오늘 한 시까지 한다고 해서 부랴부랴 접속했다. 한글 자막은 없었지만, 이번 기회를 놓치면 볼 수 없으리란 생각으로 졸음을 참으며 보았다.

　영화가 끝난 건 열두 시 오십팔 분이었고, 부랴부랴 영화를 앞으로 돌려, 기록하고 싶은 메카스의 내레이션을 찾아 기록해 두었다. 이런 부분이었다.

　나는 어떤 부분들을 골라 그것들이 마치 삶을 축하하는 것처럼 촬영한다. 기질, 태도, 존재의 상태. 공중에 떠 있는 듯한 느낌. 기록된 인간 삶의 노출 시간을 조절하고, 그 디테일들을 보면서 내가 느끼는 감정에 집중하며 지금 일어나는 현실을 포착한다. 그것이 내 일기 형식의 시작이었다.

　이 부분 딱 옮겨 쓰고 브라우저를 닫았는데, 지돈 씨에게 전화 왔다. 다음 달 출간을 앞둔, 우리가 함께 쓴 책 『한국 영화에서 길을 잃은 한국 사람들』 제목을 바꾸는 문제를 상의하기 위해서였다. 지돈 씨가 제안한 제목은 '우리는 가끔 아름다움의 섬광을 보았다'였고, 그건 요나스 메카스의 대표작인 〈우연히 나는 아름다움의 섬광을 보았다〉에서 빌려온 제목이었다. 나는 물론 찬성했다. 오소소 닭살이 돋았다.

통화한 김에 오랜만에 친구들과 같이 보기로 약속을 잡았다. 바로 오늘. 그리하여 저녁, 작업실에 친구들과 모여 함께 치킨과 족발과 과자를 먹으며 밤이 깊도록 이야기를 나누었다. 재미있는 이야기가 많았지만, 그중 하나만 여기에 기록해 두고 싶다.

언제나처럼 정지돈과 내가, 글을 잘 써 봤자 아무 소용이 없다, 그런다고 책이 잘 팔리는 것도 아니고 자신만 힘들어질 뿐이다, 같은 이야기를 조금 과장을 섞어 징징대며 늘어놓고 있었다. 그러자 시인 겸 평론가인 강보원이 깔깔 웃으며 말했다.

"아니, 전에도 말했지만 여러분은 잘 쓰기라도 해야 된다니까요. 생각해 봐요, 못 쓰면 어떡할 건데요?"

그러게, 못 쓰면 어쩌지…. 우리가 글까지 못 쓰면 정말 답이 없는 거 아닌가…. 듣고 보니 그 말도 맞는 것 같아서 우리는 아무 말도 하지 못했다. 늘 그런 것처럼, 했어야 했던 말은 뒤늦게 떠올랐다.

그 자리에 없던 우리의 친구 오한기는 한국에서 가장 저주

받은 걸작('가장'이 '저주'를 수식하는지 '걸작'을 수식하는지에 대해서는 논란이 있을 수 있음), 시와 일기와 꿈이 뒤섞인 아름다운 소설 『홍학이 된 사나이』의 5월 18일 일기를 이렇게 썼다.

잘 쓰지 않아도 걸작이 될 수 있어.

이 일기를 적으며 읽은 일기들의 목록

- 박서련, 『오늘은 예쁜 걸 먹어야겠어요』 작가정신, 2021
- 악셀 린덴, 『사랑한다고 했다가 죽이겠다고 했다가』 김정아 옮김, 심플라이프, 2019
- 오한기, 『홍학이 된 사나이』 문학동네, 2016

여름.

Summer

나는 쓰레기인가?
직업윤리가 없나?

쓰고 싶지 않았다,
도망치고 싶었다

○ 6월 4일 일요일

　오늘은 나윤이 책 정리 하기로 한 날. 점심 먹고 링피트 하다가 같이 책장 앞에 서서 나윤이에게 더 안 보고 싶은 책들 고르라고 했다. 나윤이는 잠깐 고민하는 것 같더니 쓱쓱 책을 빼기 시작했다. 어린이집에서 받아 온 전집에 속한 그림책들이랑, 어렸을 때 보던 책들 열 권 남짓 골랐다. 그러더니 마지막으로 사노 요코의 『100만 번 산 고양이』를 꺼냈다. "아빠가 좋아하는 책인데!" 그러자 나윤이가 말했다.

　"이건 너무 불쌍해. 자꾸만 죽고 살아나고 죽고 살아나고 하잖아. 그냥 계속 살아야 좋은데."

너무 이유가 분명해서 나는 조용히 고개를 끄덕였다. 그리고 슬쩍 내 책장에 옮겨 꽂았다….

 나윤이가 고른 책들을 쌓아 두고, 이번에는 내가 정리하고 싶은 책들을 골랐다. 먼저 나윤이가 요즘 안 보는 것 같은 책들을 한 권씩 슬쩍슬쩍 찔러 봤는데 모두 거절했다("어! 이거 재밌어", "내일부터 볼 거야", "싫어"). 하지만 내가 염두에 둔 책은 따로 있었다. 책장 한 칸을 꽉 채우고도 모자라 눕혀서 쌓아 둔 지식 그림책 세트. 각종 동물과 곤충과 식물의 생태를 사진과 그림으로 보여 주는 책인데, 하루에 몇 권씩 열렬히 보던 시기를 훌쩍 지나 이제는 자리만 차지하고 있었다. 하지만 나윤이가 반대했다. 이번에는 약간 다른 이유였다.

 "나 이걸로 징검다리 만들고 놀 건데?"

 그래서 아쉽지만 역시 열렬히 보던 시기를 훌쩍 지난 〈오줌싸개 꼬마 그림책 전집〉을 정리하는 걸로 일단락했다. 14년 전, 친구들 중에서 가장 먼저 결혼해 아이를 낳은 친구에게 선물한 전집을 10년이 지나 물려받은 것이었다. 그렇게 생각하니 정리하기 조금 아쉬운 생각이 들기도 했는데, 그럴 필요 없다는 사실을 이제는 안다. 세상에 책은 많고, 점점 더 많아지므로, 다음에 올 책들을 위한 자리도 있어야 하는 것이다.

 마침 오늘 아파트 분리수거 하는 날이라 미련 없이 내놨다. 몇 번 왔다 갔다 하며 책이랑 다른 재활용품 내놓고 오니 나윤이가 바닥 가득 지식 그림책을 깔고 있었다. "뭐 하는 거야?" 물으니 징검다리를 만들고 있다고, 아빠도 얼른 와서 만들라고 했다. 한참 그렇게 집안 구석구석까지 책을 깔더니 엄마 아빠는 자기 뒤에 서라고 하고는 앞장서서 징검다리를 따라 집 안을 한 바퀴 돌았다. 문득 이것이 바로 책의 역할 아닌가? 하는 생각이 들었다. 험한 세상의 징검다리가 되어 주는 것 말이다….

　　그러다 나윤이가 갑자기 괴물 놀이를 하자고 했다. 징검다리 위로 괴물이 사람을 쫓아다니는 놀이였는데, 늘 그렇듯 아빠가 괴물을 맡았다. "크앙! 크앙!" 쫓아가면 나윤이가 꺄아아아 소리를 지르며 도망쳤다. 한참을 쫓다가 지쳐 버린 내가 이제 씻고 나가자고, 책을 정리했으니 서점 가서 새로 책을 사자고 했지만 나윤이는 그럴 생각이 없었다. 한 번만 더, 아니 한 번은 너무 적어 세 번, 다섯 번, 열 번만 더!

　　"크아아아아아아!" 내가 소리를 지르며 달려가자 "얍얍얍얍!" 나윤이가 주먹을 뻗으며 빠르게 공격했다. "으으으으으윽…" 신음을 흘리며 내가 쓰러지자 나윤이가 말했다.

　　"이건 약한 건데? 일어나, 하트 안 닳았어!"

　　괴물이 죽으면 놀이가 끝나니까 어떻게든 죽이지 않으려

는 눈물겨운 노력… 괴물의 입장에서 보자면 힘들어 죽겠는데 죽지도 못하는… 그런 일요일이었다. 죽지 않는 괴물들의 오후….

겨우겨우 설득해서 준비하고 알라딘 중고서점 일산점에 갔다. 어린이책을 둘러보던 나윤이가 〈Why?〉 시리즈가 꽂힌 책장 앞에 서더니 "이거 어린이집에도 있어!" 하고는 '파충·양서류' 편을 꺼냈다. "여기 우파루파 있어! 찾아 줄까?" 바닥에 앉아 책을 넘기는 나윤이. "이 친구 이모가 연구하는 사람이야"라는 걸 보면 정말 어린이집에서 읽은 모양인데, 우파루파를 찾지는 못했다. 집에 가서 찾아보자고 했다. 나윤이의 첫 (학습) 만화책. 벌써 17년 전이던가? 내가 알라딘에 입사해서 어린이 분야 담당했을 때 팔던 책을 나윤이가 본다고 생각하니 기분이 좀 묘했다.

○ 6월 18일 일요일

나윤이랑 키즈 카페 가서 두 시간 꽉 채워 놀고 나왔다. 1층 야외에서 야시장 비슷한 게 열렸다고 해서 가 보니 간이 테이블이랑 의자가 잔뜩 놓여 있고, 그 주위를 푸드 트럭이며 가판대 같은 것들이 빙 둘러싸고 있었다. 안 그래도 나윤이가 키즈 카페에서부터 '소떡소떡' 먹고 싶다고 했는데 마침 팔길 래 사 줬다. 양이 좀 많지 않나 싶었지만 혼자 하나를 다 먹었 다. 문득 언젠가 박솔뫼가 나윤이에 대해 한 말을 정지돈이 자 기 일기에 썼던 게 생각났다. 『당신을 위한 것이나 당신의 것은 아닌』에 실린 2020년 6월 19일의 일기였다.

육아와 마감에 지친 금정연은 늘 그렇듯 조금 넋이 나간 표정으로(박솔뫼의 표현에 따르면 정신없는 아기의 표정으로) 커 피를 홀짝이며 앉아 있었다. 솔뫼 씨는 정연아, 내 말 좀 들 어 봐 봐, 라며 말했다.

"제가요, 누워서 생각을 해 봤거든요. 나윤이(정연 씨 딸)와 저의 공통점을요. 나윤이도 언젠가 그 생각을 하지 않을까 요."

"무슨 생각이요?"

"한 달 동안 한 가지 음식만 먹는다면 뭘 먹어야 할까."

"?? 왜 그런 생각을 해요?"

왜 안 해요! 솔뫼 씨가 말했다. 자기 전에 생각하지 않을까 요? 아무래도 김밥이겠죠?

우리는 각자 생각에 빠졌다. 한 달 동안 한 가지 음식만 먹 는다면 뭘 먹어야 할까. 왜 이런 생각을 해야 하는지 모른

채….

그렇지만 이제는 박솔뫼의 말을 알겠다. 늘 먹고 싶은 게 딱히 없는 엄마나 아빠와는 달리, 언젠가부터 나윤이는 아침에 일어나자마자 어떤 음식을 찾으며 어젯밤부터 먹고 싶었다고 말하거나, 자기 전에 입맛을 다시며 오늘 먹은 어떤 음식이 지금도 생각난다는 식의 말을 하곤 한다. 조만간 한번 물어봐야겠다. 아마 초콜릿이나 아이스크림이라고 대답하지 않을까…?

○ 6월 23일 금요일

어머님이랑 교대하는 금요일. 일이 너무 많아서 어젯밤에 작업실에서 밤새고 네 시 반쯤 집에 왔다. 현관문을 여는데 뭔가 이상했다. 일찍 퇴근한 지은이가 나윤이를 안고 어머님과 함께 걱정스러운 얼굴로 거실에 앉아 있었다. 어젯밤부터 갑자기 나윤이 감기가 심해져서 계속 기침하고 잠도 제대로 못 잤다고 했다. 화요일 밤보다 수요일 밤에 기침을 훨씬 덜 하길래 나아지고 있다고 생각했는데 그게 아니었던 모양이다. 하필 내가 작업실에서 밤샌 날에 그래서 마음이 더 아팠다. 어머님은 어머님대로 나윤이가 걱정돼서 집에 못 가겠다고 하셨다.

그러면서 오늘 낮에 나윤이 약 떨어져서 같이 소아과 갔었는데 할아버지 의사 선생님한테 "왜 그런 거예요?" 하고 물으니 갑자기 버럭 성질을 부리며 "내가 그걸 알면 큰 병원에 있지 여기 있겠어요? 내가 청진기 하나 들고 뭘 알겠어요?" 했단다. 세상에, 지금까지 2년 넘게 다니면서 가끔 조금 이상한 말을 할 때가 있긴 했지만 그런 적은 없었는데.

어머님이 그런 의사를 믿을 수 없다고 다른 병원에 다시 데리고 가 보라고 하셔서 나윤이 태우고 부랴부랴 마트 병원 갔다. 열이 너무 오래 안 떨어진다고, 내일까지 안 떨어지면 위험할 수 있다고 했다. 하아… 힘없이 축 늘어진 나윤이 데리고 돌아와 저녁 먹었다. 그리고 뭘 했지? 시간이 어떻게 갔는지 모르겠다. 그림 위에 까만 붓으로 덧칠이라도 한 듯 모든 게 깜깜하다. 아이가 아플 땐 늘 그렇다.

○ 6월 26일 월요일

금요일부터 나윤이 감기가 더 심해져서 주말 내내 잠을 못 잤다. 목이 간질간질하니까 기침을 자꾸 하고, 기침을 자꾸 하니까 목이 점점 더 붓고, 그래서 기침을 더 많이 하는 악순환. 물론 일도 하지 못했다. 밀린 일들이 너무 많아 발등에 불이 떨어진 게 아니라 활활 타오를 지경인데….

그런데 오늘은 '호캉스' 가는 날이다. 전에 지은이가 무슨 이벤트에 응모했다가 1박에 100만 원 가까이 하는 스위트룸에 숙박하게 되었는데 그게 오늘이었다. 나윤이는 아프고 지은이도 감기 기운이 있고 나는 밀린 일 때문에 입이 바싹바싹 마르지만 가야 했다. 이미 15만 원 가까이 되는 공과금을 지불했고, 날짜 변경은 불가능하며, 룸에 와인을 비롯해 소소한 이벤트 상품들을 준비해 놓았다고 하니 가지 않을 수가 있나….

비가 내렸다. 오늘부터 장마가 시작된다고 했다. 어차피 호텔 밖으로 나가지 않을 거라 상관없었다. 수도권 제1순환 고속도로를 한참 달려 우이동에 갔다. 대학 시절에 MT로나 갔던 동네를 성인이 되어 지은이, 나윤이와 함께 다시 온다고 생각하니 기분이 묘했다.

호텔은 약간 뜬금없는 곳에 있었다. 그냥 평범하고 조금 한갓진 동네인가 싶었는데 로터리가 나와서 돌다 보니 열 시 방향에 바로 입구가 나왔다. 산기슭에 건물들이 지어져 있어서 103동을 찾느라 좀 헤맸다. 과연 방은 좋았다. 그렇다고 동영상으로 본 것처럼 크지는 않았고, 대충 방 세 개짜리 리조트랑 비슷한 크기? 다만 지은 지 얼마 안 돼서 좀 더 새것 같은 느낌이 나긴 했다. 인테리어도 신경 쓴 것 같고. 아무리 그래도 이게 100만 원짜리 방이라니, 정가 주고는 절대 못 오겠다는 생각이 들었다.

마감 때문에 마음이 무거운데, 무거운 마음과는 별개로, 쾌적한 공간에 있으니 기분이 좋았다. 나는 쓰레기인가? 직업 윤리가 없나? 마감도 못 지키고 호캉스나 온 내가 작가랍시고 글을 써도 되는 걸까?

그래도 된다. 20대에 아쿠타가와상을 받으며 인기 작가로 떠오른 재일 한국인 작가 유미리는 2000년 1월에 비혼모가 되어 아이를 키우며 작품 활동을 한다. 아이를 키우며, 그것도 혼자, 글을 쓰는 건 물론 쉽지 않은 일이고 유미리는 2002년 6월 4일의 일기에 글을 쓰지 못하는 고통을 이렇게 토로한다.

요 17일 동안 한 장도 쓰지 않았다. 허리가 삐끗해서, 베이비시터 없는 날이 많아서 등등, 변명하려면 끝도 없지만 워드프로세서 앞에 몇 시간이나 앉아 있는데도 쓰질 못하겠다. (중략) 쓰려고만 하면 팔과 머리가 점점 더 무겁고 기분이 가라앉는 바람에 워드프로세서의 전원을 켠 채로 조선사 책을 탐독하다 보면 한층 더 무겁고 가라앉아서 쓰고 싶지 않았다, 도망치고 싶었다, 사라져 버리고 싶었다—.

유미리는 사흘 후인 6월 7일 금요일의 일기에, 어떻게 해서든지 일요일 저녁까지 원고 마감을 부탁드린다는 잡지 편집자의 간곡한 메일을 옮기며 "아직 한 글자도 쓰지 못하고 있어서 답장을 보낼 수가 없었다"라고 덧붙인다. 다음 날 오후가 되어서야 6개월 전부터 약속했던 강연 때문에 2박 3일 동안 지방에 가야 해서 원고는 수요일까지 쓰겠다는 메일을 보낸다. 그리고 아이와 함께 짐을 싸서 집을 나선다. 강연을 주최한 곳에서 마련해 준 유후인의 유명한 온천 여관을 향해서, 핸드폰은 집에 둔 채로(순전한 실수였다고 한다). 그리고 두 살 아이와 함께 온천에서의 시간을 만끽한다. 망중한. 내 말은, 아무리 마감에 쫓기는 작가라고 해도, 아니 그런 작가일수록, 잠깐 숨 돌릴 시간은 필요하다는 거다, 그러니까 나도….

이 일기를 적으며 읽은 일기들의 목록

• 정지돈, 『당신을 위한 것이나 당신의 것은 아닌』, 문학동네, 2021
• 유미리, 『그 남자에게 보내는 일기』, 송현아 옮김, 동아일보사, 2004

남들 다 하루치 늙는 동안
나 혼자

마이크에 이야기한다,
나 혼자서

○ **7월 1일 토요일**

벌써 7월이라니 믿기질 않는다. 2023년도 절반이 갔다. 잠깐, 2023년이라고?

그래도 나이는 어려졌다. 만 나이 통일법이 시행되어 마흔한 살이 되었다. 잠깐, 나 원래 마흔한 살이었던 거 아니야?

나윤이는 이제 네 살이다. 본인은 결코 인정하지 않지만….

점심에 샤브샤브 먹으러 갔는데 직원이 아이는 혹시 몇 살이냐고 물어서 지은이가 다섯 살이라고(왜 다섯 살이라고 한 건지는 모르겠다. 만으로는 네 살이고 한국 나이로는 여섯 살인데) 했다. 그러자 나윤이가 항의했다.

"나 여섯 살이야, 여섯 살이라고!"

왜 아이들은 한 살이라도 많아지고 싶어 하는 건지 모르겠다. 엄마 아빠는 가속 노화를 막기 위해 생활 습관을 뜯어고쳐야 하나 심각하게 고민 중인데.

○ 7월 3일 월요일

양치질하라고 했더니 칫솔 물고 거실로 나와 장난감을 가지고 노는 나윤이에게 "치카치카 잘 해야지" 했더니 갑자기 삐쳐서 나를 흘겨봤다. "아니, 아빠가 뭐라고 하는 게 아니라 치카를 물고만 있으면 세균이 안 없어지잖아. 위아래로 쓱싹쓱싹 잘해야지." 나름 설명을 해 보았지만 나윤이는 그럴수록 더 화가 나는 것 같았다. 결국 화장실로 들어가며 나윤이가 말했다. "아빠 저리 가! 나 혼자 할 거야!"

옷 입히고 머리 묶어 주는 동안에도 여전히 삐쳐 있어서 그렇게 화낼 일은 아닌 것 같다고, 뭐라고 한 게 아니라고 하니까 나윤이가 말했다.

"아빠보다 엄마가 좋아!"

"엄마도 치카 안 하고 물고만 있으면 얼른 쓱싹쓱싹 하라고 그러지 않아?"

"아니거든! 아침에는 그런 적 없거든!"

나는 속으로만 생각했다. 그건 아침에 엄마가 나윤이 이 닦기 전에 먼저 출근하니까 그렇지…. 골난 얼굴로 한참 동안 말없이 TV 보던 나윤이에게 이제 나가야 할 시간이라고, 한 개만 더 보고 끄자고 했더니 고개를 끄덕이고는 리모컨을 들었다. 핑크퐁 생활 습관 동요에서 '치카송'이랑 '미안해송' 사이에서 왔다 갔다 하던 나윤이가 말했다. "둘 다 재밌을 것 같은데?" 그럼 둘 다 보라고 했더니 "응!" 하고 '치카송'을 틀더니 갑자기 내 어깨에 머리를 기대는 나윤이. '치카송'이 끝나고 '미안해송'이 끝날 때까지 말없이 머리를 기대고 있었다. 설마 '치카'하다가 화내서 '미안'하다는 뜻일까.

밤. 나윤이가 엄마랑 자기랑 팀이고 아빠는 혼자라고 해서 지은이가 아빠 외롭겠다, 동생 낳아서 아빠 편 해 주라고 해야겠다, 라고 농담하니까 나윤이가 말했다.

"동생도 엄마 더 좋아할걸."

그래, 그렇겠지….

○ 7월 6일 목요일

정지돈 작가와 함께 쓴 『우리는 가끔 아름다움의 섬광을 보았다』출간이 일주일 앞으로 다가와서 출판사에 갔다. 다른 출판사 다니는 친구랑 점심 먹고 걸어가는데 정말 더워도 너무 더웠다. 이대로 길바닥에 쓰러져서 그대로 녹아 껌처럼 달라붙는다고 해도 놀랍지 않을 정도였다. 작년에도 이렇게 더웠나? 7월 초부터?

저녁에 작업실로 돌아와 유현미 작가의 텃밭 일기『발은 땅을 디디고 손은 흙을 어루만지며』넘겨 보는데 2022년(아마도) 7월 3일 일기에 너무 덥다는 말이 있어서 작년에도 그렇게 더웠구나, 했다.

늦장 부리다 아침 여덟 시에 밭에 도착한다. 여덟 시면 해가 거의 중천이고 특히 요즘처럼 이상 고온이 기승을 부릴 때 이 시각이면 이미 숨이 턱 막힐 듯한 기운이 몰려와 있다. 이 기운은 무섭다. 모든 의욕을 쓰러뜨린다. 아무렴. 그냥 더운 게 아니라 습하면서 더운 무더위는 답이 없다. 혹독하다. 견디지 못한다.

○ 7월 17일 월요일

나윤이랑 같이 놀이터에 갔다. 그런데 동네 친구가 없는 게 너무 마음에 걸린다. 다른 보호자들은 삼삼오오 애들 유치원 끝나고 하원시키며 아이들끼리 놀게 하는데, 나윤이는 자기 무리랄 게 없으니 어디에도 끼지 못하고 늘 여기저기 기웃거리기만 한다. 그런 모습을 보는 게 너무 마음이 아파.

지은이 와서 같이 나윤이 좋아하는 식당에 저녁 먹으러 갔다. 신이 난 나윤이. 치킨도 먹고 피자도 먹고 스파게티도 먹고 홍게도 먹고 쌀국수도 먹고 냉동 망고도 먹고 주스도 마시고 아이스크림 올라간 와플도 먹고. 정확히 말하면 와플 위에 올라간 아이스크림만 먹었다고 해야겠지만….

우리 옆 테이블에는 중학생 정도 되는 딸과 초등학생 아들이 있는 4인 가족이 외식을 하고 있었는데, 아빠가 음식을 뜨러 간 사이에 딸이 엄마에게 이렇게 물었다.

"엄마는 왜 아빠랑 결혼했어? 더 좋은 남자랑 결혼할 수도 있었잖아."

대답을 하는 대신 그냥 웃는 엄마.

"그런데 우리 반 애들 맨날 그 이야기 해, 자기 엄마가 왜 아빠랑 결혼했는지 모르겠다고…."

집으로 돌아오는 길. 지은이가 말했다.

"아, 너무 많이 먹었나 봐, 배가 터질 것 같아!"

그러자 나윤이가 말했다.

"그런데 왜 계속 먹었어? 배가 불러서 그만 먹어야지~ 생각했는데 너무 맛있어서 참을 수가 없었어? 그래서 계속계속 먹었어?"

○ 7월 23일 일요일

지돈 씨랑 통화하면서 『우리는 가끔 아름다움의 섬광을 보았다』드려야 할 분들 만날 일정을 맞춰 봤다. 일단 다음 주에 영화 평론가 유운성 선생님 뵙기로 하고 문자 보내 약속을 잡았다. 금요일에 화정에서 점심 먹기로. 우리가 영자원에 연재할 수 있도록 추천해서 책이 나오는 데 결정적인 역할을 한 영화 평론가 정성일 선생님께도 메일 드렸다. 내 책 『담배와 영화』가 나왔을 때 마지막으로 연락드렸으니 거의 3년 반 만이었다. 어떻게 될지 모르겠지만 만약 다음 주에 시간이 괜찮으시다고 하면 한 주 동안 너무 다른 스타일과 개성을 지닌 임재철, 정성일, 유운성 영화 평론가 세 분을 모두 만나게 되는 셈이다. 지금까지 한국 영화계에서 이런 위업을 달성한 사람이 있었던가? 우리가 처음 아닐까? 일종의 그랜드슬램? 그런데 생각해 보니,

임재철 님 → 금요일에 지돈 씨에게 직접 전화하셔서 약속
을 잡음

유운성 님 → 내가 전화드렸는데 안 받으셔서 문자 보내서
약속을 잡음

정성일 님 → 내가 메일을 드려 약속을 잡음(예정)

이 차이가 조금 재밌는 것 같기도 하다. 뭐가 재밌는 건지
는 나도 잘 모르겠지만….

○ 7월 24일 월요일

어린이집 친구가 피카츄 스티커를 줬다면서 내게 피카츄
가 변신하면 피츄인 걸 아느냐고 묻는 나윤이. 아마 그게 아닌
것 같았지만 그러냐고, 몰랐다고 하면서 꼬부기가 변신하면 뭐
냐고 물었다. 그러자 조금 생각하는 것 같더니 '꼬부휘리부르
마', 뭐 이런 비슷한 이름을 댔다.

"뭐라고? 그게 무슨 말이야?"

"꼬부기가 변신하면 그렇게 되는 거야."

그러더니 이렇게 덧붙였다.

"조금 어렵지? 중국말이라서 그래."

그런데 오늘 진짜 긴 하루였다. 나윤이 어린이집 보내고 일하다가 나윤이 하원시키고 지은이 퇴근 시간에 맞춰 지하철 역으로 데리러 가서 이케아에서 이것저것 사고, 곧바로 코스트코에서 이것저것 사고, 집에 와서 청소하고 나윤이 재우고 요나스 메카스의 『수동 타자기를 위한 레퀴엠』 역자 교정지 확인하고 등등. 이게 바로 가속 노화인가? 하루를 이틀이나 사흘처럼 꽉꽉 채워서 사는 바람에, 남들 다 하루치 늙는 동안 나 혼자 2~3일치를 늙는 거 아닌가….

○ 7월 30일 일요일

『수동 타자기를 위한 레퀴엠』 역자 해설 써야 해서 오랜만에 〈우연히 나는 아름다움의 섬광을 보았다〉를 보았다. "내 인생이 어디서 시작하고 어디서 끝나는지 알 수가 없었다. 결코 알아낼 수 없었다, 무슨 의미인지, 그래서 지금 필름을 모두 합쳐서 엮기 시작한다. 우선은 연대순으로 정리하려 했지만 포기했고 모아 놨던 방식대로 무작위로 필름을 이어 붙였는데, 내 인생 어느 부분이 의미가 있는지 모르기 때문이다"라는 메카스 본인의 내레이션으로 시작하는, 흔히 '일기 영화'라고 부르는 메카스의 스타일을 고스란히 보여 주는 작품이다. 틈날 때마다 일기를 쓰듯 카메라로 찍어 놓은 이미지들을 자르고 붙여 만든 영화에서 내가 특히 좋아하는 건 메카스의 딸인 우나의 어린 시절 모습이다. 메카스는 말한다.

> 이 늦은 밤 내 방에 앉아서 붙여 놓은 이미지들을 바라보면서, 너희들이 얼마나 알아볼 수 있을지 의문이다. 지금 우나, 네게 말하고 있다. 세바스찬과 홀리스에게도. 이건 내 추억이다. 같은 순간에 너희들의 추억도 있지만, 매우 다를 것이다. 이건 내 추억이고, 내가 찍을 때 본 것이다. (중략) 이 영화의 모든 프레임에 나오는 건 내가 본 거지만 너희들이다. 그러나 너희는 매우 다르게 보겠지, 전혀 다른 것이겠지, 이 이미지들은, 너희에게는. 다시 늦은 밤에 도시는 잠들고 나는 혼자서, 이 이미지들을 보면서, 너희 인생의 조각들을 보면서, 이 마이크에 이야기한다, 나 혼자서.

늦은 밤 내 방에 앉아 일기를 쓰던 나는 문득 생각한다. 나중에 나윤이가 자라 아빠의 일기에 등장하는 자신의 어린 시절을 보면 무슨 생각을 할까?

○　7월 31일 월요일

　　역자 해설을 어떻게 쓰면 좋을까 고민하다 문득 메카스 스타일로 쓰면 어떨까, 하는 생각이 들었다. 그래서 우선 메카스가 딸 우나를 찍은 것처럼 나윤이에 대해 써 보기로 했다. 이렇게.

　　나윤이는 원래 6세였는데 만 나이가 시행되며 4세가 되었고 아직 그걸 받아들이지 못하고 있다. 나윤이는 갈등과 서스펜스를 견디지 못해 어린이용 애니메이션을 보지 못하고 애니메이션의 캐릭터들이 나와 요리를 하거나 게임을 하는 식의 갈등 없는 영상을 보는 걸 좋아한다. 내가 아무리 〈캐치! 티니핑〉이나 〈치링치링 시크릿 쥬쥬〉, 〈최강전사 미니특공대〉 본편을 보자고 해도 늘 고개를 젓는다. 가끔, 아주 가끔 알 수 없는 충동으로 그런 것들을 보다가도 아주 약간의 갈등의 기미만 보여도 화들짝 놀라며 TV를 끈다.

　　내가 가장 좋아하는 영화는 카메론 크로우 감독의 〈알로하〉인데, 엠마 스톤과 브래들리 쿠퍼가 있고 갈등이 없기 때문이다.

　　차를 타고 이동할 때나 집에서 놀 때 나윤이는 그때그때

"헤이 클로바" 혹은 "아리야"를 부르고 각종 애니메이션 (실제로 본편을 본 적은 없는)의 주제곡을 듣는다. 가끔 엄마나 아빠가 선수를 쳐서 오래된 팝이나 최신 가요를 틀라치면 곧바로 이렇게 말한다.

"헤이 클로바(혹은 아리야) 쫑알쫑알 똘똘이 오프닝 노래 틀어 줘."

그런 나윤이가 오늘은 내가 뉴진스를 틀어도 클로바나 아리를 찾지 않았고, 아무 불평도 하지 않았으며, 심지어 노래를 흥얼거리며 노래에 맞춰 춤을 추기도 했다. 비록 뉴진스의 안무와는 아무 관계도 없는 몸의 움직임이었지만, 나윤이는 춤을 췄고, 웃었다, 빙글빙글 돌며, 발을 굴렀다, 발을, 굴렀다, 웃었다.

이 일기를 적으며 읽은 일기들의 목록

- 유현미, 『발은 땅을 디디고 손은 흙을 어루만지며』, 오후의소묘, 2023
- 요나스 메카스, 〈우연히 나는 아름다움의 섬광을 보았다〉(영화), 2000

내 생각엔, 그게 바로
작가인 것 같다

그 문장을 아예
지우기로 했다

○ 8월 27일 일요일

가족여행 가는 날. 기차가 처음인 나윤이는 신기한지 행신역에서 부산행 KTX 타자마자 이것저것 물어보기 시작했다. 출발은 언제 하는지, 기차는 엄청 빠르다던데 왜 이렇게 느린지, 터널은 안 들어가는지 등등. 그러다 출발한 지 삼십칠 분만에 이렇게 물었다. "거의 다 왔어? 지루해…."

해운대에 도착하자마자 쏟아지는 햇볕에 숨이 턱 막히는 것 같았다. 그래도 바람이 불거나 그늘을 지날 때면 바로 선선해졌다. 사막이 많은 중동 지역은 아무리 기온이 높아도 습도가 낮기 때문에 불쾌하지 않다고 하던데, 뭔가 그것과 비슷한

느낌이었다. 하지만 여기는 바닷가인데? 설마 해운대구 '중동'이라서? (아님)

점심으로 대구탕 먹고 체크인 시간 기다리면서 호텔 커피숍에서 망고 빙수 먹었다. 2년 전에 왔을 때 "조금 비싸지만 얼마나 맛있나 한번 보자!" 하며 호기롭게 주문했는데, 나윤이가 너무 잘 먹었던 기억이 났다. 심지어 그날 밤에 오늘 뭐가 제일 재밌었냐고 묻자 "망고 빙수"라고 대답하기도….

빙수는 여전히 맛있고 나윤이도 잘 먹었다. 비록 그사이에 가격이 두 배로 오르긴 했지만.

"세상에 잘사는 사람이 너무 많은 거 아냐?"

호텔 커피숍을 가득 채운 사람들을 보며 지은이가 말했다.

"저 사람들도 아마 우릴 보며 비슷한 생각 할걸?"

내가 말했다.

방에 짐 풀고 수영장 갔다가 지하 게임룸 구경 가서 옛날 게임 조금 했다. 옆에 있는 실내 놀이터에서 조금 놀다 근처 식당 가서 저녁 먹고 편의점 들러 숙소로 돌아왔다. 그리고 테라스에서 밤의 바다를 바라보며 다 같이 아이스크림 먹었다.

지난번에 왔을 때만 해도 바다가 아주 캄캄했는데, 이제 조명을 켜 둬서 밤의 해변이 환히 보였다. 문득 오늘 하루가 너무 빠르게 지나갔다는 생각이 들었다. 나는 계속해서 생각했다. 실은 매일매일이 그렇다고, 지난 2년이 어떻게 흘러갔는지 모르겠다고, 지난 5년이나 9년도 마찬가지라고, 내 인생이 어디서 와서 어디로 가는지 모르겠다고, 내가 아는 건 다만 내가 지금 여기에 있다는 것뿐이라고, 밤의 바다에 하얗게 부서지는 파도를 바라보면서, 사랑하는 사람들과, 여기에 앉아 있다고….

○ 8월 28일 월요일

오늘은 본격적으로 바다에서 놀았다. 다행히 날이 흐려 해가 어제처럼 뜨겁지 않았다. 처음엔 모래 놀이 하러 나갔는데, 한참 모래를 파던 나윤이가 바다를 보며 말했다.

"나 튜브 하고 바다에 갈래."

언제였더라? 한 10년쯤 전에 해운대 놀러 와서 파라솔 빌리고 튜브 빌리고 했을 때는 몇만 원씩 줬던 것 같은데, 이제 시에서 관리하는지 파라솔이랑 튜브 다 해서 2만 원도 되지 않았다. 그게 좋았다.

근데 바닷물이 너무 깨끗했다. 모래사장도 그렇고. 거의 매년(작년엔 안 왔지만) 해운대에 오면서도 딱히 깨끗하다고 생각한 적은 없는데 올해는 그랬다. 과장 조금 보태면 하와이 같았다. 그러니까 내 말은, 과장을 아주 많이 보태면 말이다. 해운대 앞바다에 발목 이상 몸을 담근 게 몇 년 만인지 모르겠다. 깔깔대는 나윤이가 탄 튜브를 이리저리 밀어 주며 노는데 나도 덩달아 신이 났다.

나윤이는 튜브에 부딪히며 부서지는 파도에 얼굴을 몇 번 맞더니, 고개를 숙이고 모자챙을 튜브에 착 붙여서 바닷물을 막으려는 부질없는 시도를 했다. 파도가 지나가고 나면 바닷물이 흐르는 얼굴을 들고 "나 물 안 먹었어!" 하다가 다시 파도가 오면 또 고개를 숙이며 튜브에 모자챙을 착 붙이기를 몇 번이나 반복했다.

수평선을 등지고 나윤이를 보고 있는데 갑자기 엄청 큰 파도가 쳤다. 생각지도 못한 파도에 뒤통수를 얻어맞고 휘청이고 있는데, 나윤이가 타고 있는 튜브가 뒤집히는 게 보였다. 얼른 몸을 잡아 꺼내는데 콜록콜록 물을 뱉으며 우는 나윤이. 단단히 놀란 모양이었다. 괜찮다고 토닥이면서 해변으로 나갔다.

"무서웠어?"

"응…."

한동안 훌쩍이던 나윤이가 말했다.

"그런데 나 잠깐 수영했다. 튜브 뒤집혀서 물에 빠졌을 때 잠수하면서 잠깐 수영했어."

그러더니 엄마한테 물었다.

"나 튜브 뒤집힌 거 찍었어?"

"아니…."

"왜 안 찍었어!"

덜컥 겁을 먹고 다시는 바다에 안 들어간다고 하면 어쩌나 싶었는데 다행히 모래 놀이 조금 하다가 다시 들어가서 또 한참 놀았다. 어느덧 점심 먹을 시간이 훌쩍 지났다. 기프티콘으로 치킨 주문해서 숙소로 돌아갔다.

근데 모래가 너무 많네…. 호텔 입구에서 에어건으로 모래 터는데, 젖은 채로 달라붙어 털어도 털어도 안 털어지는 모래들이 남아 있었다.

치킨 먹고 미리 예약해 둔 '키즈 드라이빙 스쿨' 갔다. 아이들이 모여 간단한 교통안전 교육을 받고, 미니 자동차와 오토바이를 타고 트랙을 도는 코스였다. 오락하는 데 가 보고 싶다고 해서 갔다가 〈오버쿡드 2〉라는 게임을 발견한 나윤이. 요리사가 되어 주문을 받아 음식을 서빙하는 단순한 게임이었는데, 뭐가 재미있는지 순식간에 푹 빠져 버렸다.

"나윤아, 이제 가자."

"나 주문받아야 해! 이거 만들어서 줘야 해!"

"이제 스페인 클럽이라는 식당으로 저녁 먹으러 갈 거야."

"스페인은 나라 이름 아니야? 스페인이라는 나라도 있어."

그러더니 이렇게 덧붙였다.

"그리고 클럽은 춤추는 데잖아."

그런 건 대체 어떻게 아는 건지…. 역시 2년 만에 오는 스페인 클럽에서 감바스 알 아히요랑 빠에야를 먹었다. 와인도 한 병 시켜서 같이 먹다가 3분의 1쯤 남은 걸 들고 숙소로 돌아왔다. 나윤이 먼저 재우고 테라스에서 지은이랑 남은 와인 마시면서 이런저런 이야기 했다. 내일이면 집에 가야 하다니, 2박은 정말 짧구나. 하지만 이만하면 충분하다는 생각도 든다….

○ 8월 29일 화요일

한 시에 레이트 체크아웃 하기로 해서 수영장이랑 키즈 드라이빙 스쿨 다녀오느라 아침부터 정신없었다. 체크아웃 하고 짐 맡기고 점심 먹으러 가는데 갑자기 비바람이 불며 비가 쏟아지기 시작했다. 원래는 미포 쪽 식당에 가려고 했는데, 호텔 옆 건물에 있는 전복죽 전문점 들어갔다.

나윤이 전복미역국 시켜 주고 전복죽이랑 전복라면 시켜서 먹는데 빗줄기가 점점 굵어졌다. 몇 주 전에 공교롭게 태풍 카눈 상륙에 맞춰 부산에 왔다가 하룻밤 자고, 북상하는 태풍을 따라 기차를 타고 돌아간 적이 있는데 거의 그때만큼 비가 오는 것 같았다. 문득 트래비스의 노래가 떠올랐다. "Why Does It Always Rain On Me…"

다행히 빗줄기가 잠깐 잦아든 사이에 계산하고 아쿠아리움 갔다. 에어컨 때문에 춥지 않을까 생각했는데 오히려 더웠고 그게 더 나았다. 지난번 왔을 땐 아직 어려서 큰 관심 없던 나윤이도 이것저것 유심히 봤다. TV에서 본 건지 아는 물고기도 제법 많았다. 그런데 또 상어랑 가오리 같은 큰 물고기들 앞에서 사진 찍자고 하니까 갑자기 짜증을 부리며 싫다고 가겠다고 했다. 나중에 물어보니 너무 큰 물고기들이라 무서웠다고. 많이 컸어도 아직은 아가다.

아쿠아리움 나와서 근처 커피숍에서 잠깐 쉬고 있는데 다시 비가 내리나 싶더니 이내 세차게 쏟아지기 시작했다. 꼭 스콜 같았다. 어쩌지? 하다가 슬슬 출발해야 할 시간이라 호텔까지 후다닥 뛰어갔다. 맡겨 둔 짐 찾아서 택시 타고 공항 가는 동안에도 비는 계속해서 내렸다. 차체에 부딪히는 빗소리를 듣고 있으려니 졸음이 몰려왔다. 얼마나 잤을까? 나윤이가 다급하게 나를 깨웠다. 비가 너무 많이 온다고. 앞이 하나도 안 보인다고. 정말이었다. 와이퍼가 지나가는 찰나의 순간에만 겨우 시야가 트였다. 꿈인가? 이런 도로를 달릴 수 있나? 그런데 달리는 거 말고 다른 방법이 있나? 걱정한다고 무슨 수가 나는 것도 아니어서 그냥 잘 가겠거니 생각하며 내리는 비를 바라보았다. 나윤이는 피곤했는지 엄마 무릎을 베고 곤히 자고 있었다.

공항이 가까워질수록 빗줄기가 더욱 굵어졌다. 지금도 우리가 어떻게 공항에 도착할 수 있었는지 모르겠다. 감사합니다, 기사님…. 부산 택시 짱…. 한숨 돌리며 공항 로비에 들어서는데 어디선가 후두두둑 물이 쏟아지는 소리가 들렸다. 보니 공항 천장에서 물이 새고 있었다. 마치 폭포 같았다.

문득 김유진 작가의 2015년 8월 21일 일기가 생각났다. 작가는 계간지에 발표할 단편소설을 교정하는 과정에서 문젯거리가 있었다고 말한다. 소설의 첫 장에서 화자는 국내 휴양지로 여행을 가기 위해 공항에 가는데, 태풍이 북상하고 있어 비행기가 뜰지 미지수인 상황이다. 우산에서는 물이 뚝뚝 떨어지는데 갑자기 내리기 시작한 비라 공항엔 우산용 비닐이 없고, 그래서 화자는 면세점에서 선크림을 사고 받은 비닐 가방에 우산을 접어 넣는데, 원고를 받은 편집자가 국내 여행을 하는 화자가 공항 면세점에서 물건을 사는 일은 불가능하다고 말한 것이다. 그러면서 '면세품 인도장에서 받은 비닐 가방'으로 바꿀 것을 제안했지만 작가는 그것을 받아들일 수 없었다.

"이유를 확실히 말할 순 없지만, 나는 화자가 선크림을 샀다는 사실을 꼭 말하고 싶었다. 우리는 어떠한 식으로든 대안을 찾아보려 몇 차례 메일을 주고받았지만 허사였다. 나의 바보 같은 실수였다. 이것도 저것도 오류이거나 어색했다. 결국, 어제 그 문장을 아예 지우기로 했다."

내 생각엔, 그게 바로 작가인 것 같다. 이렇게 공항 천장에서 뚝뚝 떨어지는 비를 보며 공항에서 비가 뚝뚝 떨어지는 우산을 들고 있는 화자가 나오는 장면을 썼다 지운 다른 작가의 일기를 떠올리는 것도 작가고….

원래 일곱 시 비행기였지만 기상 악화로 거듭 연착되며 일곱 시 사십오 분에 출발했다. 꾸벅꾸벅 졸았고, 공항에 내렸고, 짐을 찾았고, 택시 탔고, 아홉 시가 훌쩍 넘어서야 집에 도착했다. 당장이라도 쓰러져 잠들고 싶었지만, 진정한 일은 이제 시작이었다. 가방 정리. 가방을 싸는 것보다 정리하는 게 늘 더 힘든 이유가 뭔지 모르겠다. 여행 가기 전과 돌아온 후의 마음 차이인지, 체력 차이인지, 아니면 다른 이유가 있는 건지.

아무튼 이제 다시 일상이다. 나는 해야 할 일들의 목록을 떠올리고, 요나스 메카스의 〈행복한 삶의 기록에서 삭제된 부분〉의 한 장면을 떠올린다. 영화의 중간에 메카스가 손으로 쓴 문장을 보여 주는 장면이 나온다. 거기엔 이렇게 쓰여 있다.

이제 문제는 준비된, 열린 마음의 상태를 유지하고 매일의

일을 하는 것이다—

이 일기를 적으며 읽은 일기들의 목록

· 김유진, 『받아쓰기』 난다, 2017

· 요나스 메카스, 〈행복한 삶의 기록에서 삭제된 부분〉(영화), 2012

가을.

Autumn

그렇지만 나는
쓰지 않을 수 없고

세상을 말로 옮겨 놓는
단순한 습관

○ 9월 2일 토요일

조르주 페렉의 짧은 에세이 「나는 태어났다」는 이틀간의
메모를 모은 것이다. 그중 첫 번째인 1970년 9월 7일의 글을
페렉은 이렇게 시작한다. "나는 36년 3월 7일에 태어났다."

이 문장은 내게 조금 어색하게 느껴진다. 3월 7일도 아니
고 9월 7일의 글을 왜 그렇게 시작하지? 페렉은 이어서 쓴다.
"몇 달째 이 문장을 쓰고 있다. 34년 6개월 전부터, 지금까지
도!" 당시 네 권의 책으로 이루어진 야심찬 자서전 프로젝트를
준비하고 있던 페렉은 좀처럼 글이 써지지 않아 괴로워하고
있었다.

나는 1981년 9월 2일에 태어났다. 그리고 오늘은 2023년 9월 2일이다. 마흔두 번째 생일. 하지만 나는 몇 달째 그 문장을 쓰고 있지는 않고, 그런 문장을 쓴 적이 있기나 한지 모르겠다. 가끔(실은 자주) 나 역시 글이 써지지 않아 괴로워하곤 하지만, 내가 쓰는 건 매일의 일기일 뿐 자서전은 아니다.

혹시 몰라 작년 오늘의 일기를 펼쳐보았는데, 이런 문장으로 시작하고 있었다.

"아 맞아! 오늘 아빠 생일 아니야?"
아침에 일어나자마자 나윤이가 나를 보며 물었다.
"두 밤 자면 생일이라고 했는데 두 밤을 잤잖아."

아침. 로보카 폴리를 그리는 TV 프로그램을 따라 노트에 형광펜으로 쓱싹쓱싹 폴리를 그리고 있는 나윤이에게 이제 이 닦고 나갈 준비 하자고 하니 나윤이가 말했다.

"잠깐만, 나 이거 그려서 아빠 선물 주려고 했단 말이야."

그러더니 수채 물감을 꺼내 붓으로 색칠도 했다. 아직 붓질은 서툴러서 조금 하다가 말았지만….

"아빠 사랑해요~ 써야지."

지은이가 말했다.

"나 잘 못 쓰는데."

나윤이가 말했다. 그래도 연필을 들고 천천히 '아… 빠…'라고 쓰는 나윤이. 그러더니 "사랑해 어떻게 써야 해?"라고 내게 묻다가 "그냥 아빠가 써!" 하며 내게 넘겼다. 그래도 아빠 생일인데 아빠보고 쓰라고 하면 어떡하냐며 지은이가 도와준 덕분에 완성. 그림을 받아 드는데 어쩐지 조금 울컥했다.

부모님 모시고 같이 점심 먹기로 했는데 조금 늦었다. 나윤이 준비시키려면 시간이 걸리기도 하고, 오는 길이 늘 예상보다 막히기도 하고. 부랴부랴 주차하고 들어가려는데 평소와

달리 베란다에 엄마 모습이 보이지 않았다. 그러다 현관을 지나는데 머리 위 베란다에서 엄마가 투덜거리는 소리가 들렸다.

"아니, 왜 아직도 안 와."

그 말을 들은 지은이가 "어머니, 저희 왔어요" 하는데 채 말이 끝나기도 전에 엄마가 소리를 질렀다.

"왜 빨리 안 와!!!"

순간 우리는 그 자리에 얼어붙었다.

"왜 그러지…?"

나윤이가 불안한 얼굴로 말했다. 지은이도 얼떨떨한 얼굴로 나를 바라보았다. 뭐라고 말을 해야 하지? 나는 엄마의 급한 성격과 때때로 성질을 이기지 못하고 벌컥 화를 내는 습관을 알고 있지만 그건 대체로 아주 가까운 사람들, 그러니까 삼촌이나 내 앞에서나 보이는 모습이다. 따라서 지은이와 나윤이는 깜짝 놀라고 불안할 수밖에. 그렇다고 뭐라고 설명하기에는 또 민망하기도 하고 복잡하기도 해서 그냥 괜찮다고, 올라가자고 했다.

아니나 다를까, 문을 열자 엄마가 웃으며 우리를 반겨 주었다. 언제 왔냐고, 차가 들어오는 게 안 보였다고, 새벽부터 목욕탕에 다녀오느라 배가 고픈데 안 와서 순간적으로 소리를 지르셨다고, 절대 미워서 그런 게 아니라고…. 나는 좀 지긋지긋한 기분이 되었다. 기타노 다케시는 가족을 두고 "아무도 보지 않는다면 내다 버리고 싶은 존재"라고 했는데, 언젠가 나윤이도 나를 그렇게 생각하게 될까?

동네 황태 요릿집에서 황태 해물찜이랑 황태 해장국 먹었다. 벽에 붙은 메뉴판을 유심히 들여다보던 나윤이가 물만두 먹고 싶다고 해서 물만두도 하나 시켰다. 나윤이가 글자를 읽게 되니 이제 이런 재미가 있네. 식당에서 나와 부모님 댁으로 걸어가는 길에 빵집 들러서 케이크도 샀다. 나윤이보고 고르라고 했더니 〈캐치! 티니핑〉 캐릭터 케이크와 곰돌이 모양의 초코 케이크 사이에서 한참이나 갈팡질팡 마음을 정하지 못하고 고민하다가 결국 곰돌이를 골랐다. '최애'보다 초콜릿이 더 좋다니, 조금 의외였다.

생일 축하하고 촛불 끄고 케이크 먹었다. 나윤이 TV 보는 동안 어른들은 소파에서, 방에서, 거실 바닥에서 각자 짧게 눈을 붙였다. 근데 진짜 왜 이렇게 피곤하지? 일어나서 나윤이랑 놀이터 가는 길에 편의점에서 얼음 컵이랑 커피를 사서 마셨다. 마치 약이라도 되는 것처럼. 그제야 조금 정신이 돌아오는 것 같았다.

놀이터에는 다양한 또래의 아이들이 끼리끼리 뭉쳐서 놀고 있었다. 어디에도 끼지 못하고 주변을 괜히 어슬렁거리던 나윤이는 비둘기들을 쫓으며 놀았다. 웃으면서, 마치 고양이처럼. 그러다 잠깐 집에 가서 밥 먹고 다시 나왔는데, 이번에는 할머니와 함께 온 자매가 놀고 있었다. 그중 다섯 살 동생이랑 같이 시소를 타고 놀던 나윤이. 한참 잘 노는 것 같더니 "나는 미끄럼틀 타야지" 하고 미끄럼틀로 뛰어갔다가, 아무도 자기를 따라오지 않자 다시 시소로 돌아가 다섯 살 아이에게 말했다.

"다른 거 하고 놀고 싶으면 언니한테 와."

아직 같이 노는 방법을 잘 모르는 건지, 안 친해서 그러는 건지, 노는 듯 안 노는 듯 놀고 있는데 갑자기 일곱 살 언니가 나윤이에게 선물이라며 〈캐치! 티니핑〉 스티커를 줬다. 활짝 웃으며 기뻐하던 나윤이가 벤치에 앉아 있는 엄마 아빠에게 달려와 자랑했다. "언니가 줬어." 나는 잃어버리지 않게 아빠가 갖고 있겠다고 하고 스티커를 받아 주머니에 넣었다.

그렇게 또 한참 데면데면하게 놀다가 일곱 살 아이가 뭔가를 하자고 했는데 나윤이도 동생도 들은 척도 하지 않자 "그래, 너희들이 그러면 언니는 너희들이랑 안 놀 거야, 나중에 후회하지 마"라며 다른 곳으로 가더니 잠시 후 다시 돌아와 나윤이에게 말했다.

"언니랑 잘 안 놀 거면 아까 준 스티커 다시 줘."

당황한 나윤이가 어떻게 해야 할지 몰라 나를 바라보자, 일곱 살 아이가 나를 향해 걸어오며 손을 내밀었다. 내가 주머니에 넣어 두었던 스티커를 건네주자 보고 있던 나윤이가 울음을 터뜨렸다.

"동생 우네. 왜 줬던 걸 다시 뺏어. 동생 도로 줘."

할머니가 말하자 일곱 살 아이가 말했다.

"준 거 아니에요. 그냥 잠깐 들고 있으라고 한 거예요. 내가 안 줬어요. 내가 잘못한 거 아니에요."

"아니, 준 거 맞잖아, 다시 주라니까."

"아니라니까요, 진짜 아니에요! 그냥 들고 있으라고 했다고요!"

"어휴, 그래, 알겠다, 알겠어…"

지은이는 지은이대로, 울고 있는 나윤이를 달랬다. 한참 울먹이던 나윤이가 말했다.

"내가 가진 거 아냐. 그냥 잠깐 들고 있었던 거야!"

다 큰 것 같지만 이럴 땐 영락없는 아이라고 해야 하나. 나윤이는 억울하고, 억울함을 토로하고 싶은데, 이미 일곱 살 언니의 주장에 말려들어가서 언니가 자기한테 준 거라고 말은 못하고 그냥 잠깐 들고 있었던 거라고 말하는 모습이 어딘지 짠했다.

다시 부모님 댁에 가서 과일 먹으며 앉아 있다가 집으로 돌아가려는데, 엄마가 나를 부르더니 봉투를 손에 쥐어 주었다. 그동안 생일이라고 한 번도 준 적 없는데 처음으로 준다며 다른 사람 주지 말고 너 혼자 쓰라는 말과 함께. 인사하고 집으로 운전해서 가는데 뒷자리에 앉아 있던 나윤이가 말했다.

"나는 왜 용돈 안 주지?"

차에서 곤히 잠든 나윤이. 집에 도착해서 지금 자면 안 된다고, 씻고 자야 한다고 깨우니 결국 울음을 터뜨렸다. 한참 울더니 겨우 씻으러 들어가서는 엄마한테 이렇게 말했다고.

"나 씻기 싫어서 운 거 아니야, 용돈 못 받아서 우는 거야."

○ 9월 23일 토요일

간밤에 가로로 누워 자던 나윤이가 자꾸 발로 찼다. 이쪽으로 피하고 저쪽으로 피하며 꾸겨져서 잤더니 등이랑 목이 너무 아팠다. 처음엔 좀 뻐근한가 싶었는데, 점점 심해지면서 고개를 돌리는 것도 힘들었다. 소파에 앉아 있다가 파스 붙이고 일어나려는데 몸은 움직이지 않고 입에서 끙끙하는 소리만 나왔다. 그러자 나윤이가 "어휴, 정말" 하면서 내 뒤로 오더니 목을 잡고 힘껏 당겼다. 마치 무라도 뽑는 것처럼. "아아아!"

내가 비명을 지르자 나윤이가 깜짝 놀랐는지 훌쩍훌쩍 울었다. 딴에는 도와주려고 했는데 겸연쩍은 모양이었다. 아니 근데 진짜 아팠다고….

내일 인천독서대전 행사 준비도 해야 하고 밀린 일기도 써야 하는데 아무것도 못하고 가만히 앉아 하루를 보냈다. 그러다 밤이 되어서야 겨우 움직일 수 있게 되었고, 어제 출판사에서 받은 아니 에르노의 일기를 펼쳤다. 1993년 9월 10일의 일기를 에르노는 이렇게 썼다.

정오. 눈을 감고 거실에 앉아 있다. 아래쪽 젖은 도로 위로 차들이 지나가는 소리가 들린다. 트럭. 비탈진 정원, 흰색 철책, 거리를 그려 본다. 머릿속에 생겨난 문장 하나, "차들이 지나가는 규칙적인 소리, 바닥이 젖어 있어서 바퀴가 멎을 때 좀 더 길게 끼이익 끌리는 소리가 들렸다", 이 문장을 갖고 아무것도 만들어 내지 않으리라는 것은 확실하지만. 세상을 말로 옮겨 놓는 단순한 습관.

가끔 그런 생각을 하는데. 일기를 쓰는 건 좋은 일이겠지만 일기 쓰기가 부담이 되거나 밀린 일기 때문에 괴로워진다면 계속 쓸 필요는 없지 않을까? 그렇지만 나는 쓰지 않을 수 없고, 이제야 그 이유를 알았는데, 그게 바로 나의 습관이기 때문이다. 고마워요, 에르노.

이 일기를 적으며 읽은 일기들의 목록

• 조르주 페렉, 『나는 태어났다』 윤석헌 옮김, 레모, 2021

• 아니 에르노, 『밖의 삶』 정혜용 옮김, 열린책들, 2023

그렇다면 일기는
내가 아는 최고의 핑계

나는 살고 싶기 때문에

○ 10월 11일 수요일

　해방촌은 1년 3개월 만이었다. 밤의 언덕을 올라 고요서사에 갔다. 문체 연구반 2기 워크숍 첫 번째 날. 이번 워크숍 주제는 '일기'였고, 오늘의 일기는 너새니얼 호손이 아내가 집을 비운 여름 3주 동안 다섯 살 아들을 돌보며 쓴 『줄리언』이었다.

　사람들이 하나둘 도착했고, 우리는 이야기를 시작했다. 일기에 대해서, '미국 소설의 아버지' 너새니얼 호손과 미국 문학사 최고의 소설을 쓴 이웃사촌 허먼 멜빌에 대해서, 육아에 대해서, 이제는 기억나지 않지만 그렇다고 없던 이야기가 되는 것은 아닌 수많은 것들에 대해서. 아무래도 첫 시간이라 내가 이런저런 말을 많이 했다. 이제 슬슬 인정할 때도 된 것 같은데, 나는 사람들 앞에서 말하는 걸 좋아한다. 단, 내가 말을 해야 하는 상황에서만….

집으로 돌아가는 길. 광역 버스 차창 밖으로 밤의 도시가 지나가고 트위터 타임라인에는 어느 사이비 종교 단체가 운영하는 브라질 농장에서 공사 현장에 동원되었던 한국인 어린이 다섯 명이 사망했다는 뉴스가 올라왔다. 겁이 나서 이스라엘-팔레스타인 전쟁 뉴스는 며칠째 보지도 못하고 있다. 세상이 미친 건지 내가 미친 건지 모르겠다.

○ 10월 12일 목요일

며칠 전에 산 『김환기의 뉴욕 일기』 들춰 보다가 1967년 10월 13일의 일기에 시선이 멈췄다.

이미 지천명을 훌쩍 넘긴 화가는 그러나 이제야 자신을 발견한다고 쓴다. 자기가 가진 재산은 오직 스스로를 믿는 '자신(自信)' 뿐이었으나 갈수록 막막한 고생이었는데, 이제야 자신이 똑바로 섰다며 한눈팔지 말고 내일을 밀고 나가자고, 그 길밖에 없다며 스스로를 다독인다. 그러면서 이 순간부터 막막한 생각이 무너지고 진실로 희망으로 가득 차다고 덧붙이는데,

그것 또한 자신을 향한 질박한 다짐처럼 느껴지기도 해서 약간 울컥했다. 아무리 사회적으로 성공을 하고 안정적인(그렇다고 여겨지는) 중년의 나이에 접어들어도 삶은 늘 쉽지 않고 그저 추스르며 사는 것이라는 생각이 들어서였다.

생의 마지막 11년을 뉴욕에서 보낸 화가의 일기는 갈수록 짧아지는데, 날씨와 만난 사람, 그것도 아니면 작품 번호와 캔버스의 크기만 건조하게 기록하던 말년의 일기 중 조금은 결이 다른 기록이 끼어든다. 1973년 10월 6일의 일기다.

아랍, 이스라엘 전쟁이 터졌다.

반복되는 역사.

○ 10월 25일 수요일

늦잠. 버스 타고 출근하며 김지승의 『짐승일기』 읽었다. 워크숍에서 두 번째로 같이 읽는 일기였다. 작업실 와서 『짐승일기』마저 읽고 할 이야기 정리하다 보니 어느새 나갈 시간이었다. 밥 먹을 시간은? 없음….

녹사평역 내려서 초코바 하나 사 먹고 고요서사로 올라갔다. 지난 시간에 사정이 있어서 못 오셨던 세 분이 먼저 와서 기다리고 계셨다. 여섯 명에 7회 차였던 1기와 달리, 아홉 명에 4회 차인 2기는 느낌이 조금 달랐다. 한 명씩 돌아가며 각자 써 온 글을 읽고 책에 대해 이야기하는 시간이 빠듯한 것도 그랬지만, 고작 두 번째 시간인데 벌써 반이 지났다는 게 특히.

작가 김지승, 제목 『짐승일기』. 이 두 조합만으로도 시선을 잡아끄는 책이다. 병과 함께 살아간다는 것에 대한, 나이 듦에 대한, 글을 쓰며 살아가는 삶에 대한, 그리고 그 밖의 많은 것들에 대한 기록들. 얼핏 난폭하고 위험하게 보이는 제목과 달리 세상과 소통하려는 의지의 기록이라는 생각이 들었다. 상담사에게 집을 그려 보라는 요청을 받을 때마다 늘 창문을 그려서 "그래도 소통의 의지가 없지 않네요"라는 말을 듣는다는 어느 날의 일기처럼. 그러니까 지승이라는 이름에 붙은 'ㅁ'이 '짐승'을 의미하는 게 아니라 창문을 의미하는 게 아닌가 하는 생각. 그런데 따져 보면 모든 일기가 그런 거 아닌가? 적어도 타인에게 읽히는 것을 염두에 두고 쓰인 일기라면.

인터넷 서점에 등록된 리뷰를 보면서도 느꼈지만, 읽는 사람마다 호불호가 명확하게 갈린다는 게 재미있었다. 누군가는 공감의 밑줄을 긋고, 누군가는 견디지 못하고 책을 덮는다. 한 가지 확실한 사실은 사람들은 대부분 남의 일기에 관심이 없다는 것이다. 내가 잘 알고 좋아하는 사람의 일기가 아니라면. 그런데 왜 나는 계속 낯모르는 타인들의 일기를 읽으며 내 일기를 남들에게 보여 주는 걸까? 마치 세상이 나를 잘 알고 좋아하기라도 하는 것처럼.

○ 10월 26일 목요일

아침에 눈뜬 순간부터 1초도 피곤하지 않은 순간이 없는 날이었다. 날이 흐렸고, 내 머릿속도 그랬다. 작업실에서 책 읽으면서 꾸벅꾸벅 졸았다. 정신을 차릴 수가 없었다. 결국 좀 자기로 하고 네 시 넘어서 일어났는데, 피로가 풀리기는커녕 온몸이 두들겨 맞은 것처럼 아팠다. 요즘엔 늘 그렇다.

에세이에 대한 에세이를 쓰기로 해서 빌 에반스의 〈Waltz For Debby〉 들으면서 브라이언 딜런의 『에세이즘』 읽었다. "철저히 생계와 생존을 위한 '품팔이 작가'로 지내 왔다"라는 작가 소개에서 이미 울 준비는 되어 있었지만, 생각한 것보다 더 내가 쓴 것 같은 책이었다. 영혼의 형제를 만난 것 같기도 하고. 특히 이런 구절들에서…

일기를 쓰고 목록과 단상, 잠언을 작성한다고 해서 고통의

접근을 막을 수 있는 건 아니겠지만, 자신이 이제 작가로서 예전 같지 않다고 느끼는 시기가 왔을 때 일기 쓰기는 내가 아직은 어떠한 종류의 작가구나 하는 안도감을 줄 수 있다. (수많은 작가들과 마찬가지로 손택도 아주 이른 시기부터 자기가 예전 같지 않다고 느끼고 있었다.) 1979년에도 손택은 여전히 스스로를 다그치고 있다. "매일 쓸 것. 뭐라도 쓸 것. 전부 빠짐없이 쓸 것. 늘 노트를 소지할 것."

그런 사람들이 있다. 대단한 야심 없이 글을 쓰지만, 그렇다고 하기엔 쓰고 있는 글에 다소 의아할 정도로(사람들이 "당신이 쓰는 글에는 그만한 공력을 들일 가치가 없어"라고 말할 정도로) 집착하며 그 때문에 종종 길을 잃는 사람. 글을 쓸 수 없어 덜컥 겁을 먹고 벌벌 떨다가 바짝 뒤를 쫓는 마감에 밀려 겨우 원고를 넘기고, 또 그런 일을 반복하는 사람. 브라이언 딜런은 그런 사람이고 나 역시 그런 사람이다. 딜런은 말한다. "에세이란 '평생을 작가로 살면서 도무지 한 가지 과제를 위해선 살지 못하는 데 대한 핑계'는 아닐까? 에세이가 그 핑계가 되어 주는 건 아닐까?" 그렇다면 일기는 내가 아는 최고의 핑계다.

○ 10월 29일 일요일

　어머님 생신을 맞아 다 같이 외식했다. 나윤이가 좋아하는 아이스크림 케이크로 축하도 했다. 처가에서 저녁까지 먹고 커다란 봉투 세 개에 분리배출해야 하는 재활용품 나눠 담아서 출발했다. 배출일이 화요일인데 아버님이 다리가 불편하셔서 우리 아파트에 버리려고. 집에 와서 정리하고 청소하고 나윤이 씻기고 재우고 나니 어느덧 열한 시였다. 지은이랑 같이 TV 보는데, 오늘이 이태원 참사 1주기라는 생각이 그제야 들었다. 작년에도 이렇게 TV를 보다 갑자기 '이태원 압사 추정 사고 발생'이라는 자막이 뜨며 뉴스 특보가 시작되었지. 정말 끔찍했고, 믿을 수가 없었고, 이게 다 무슨 일인지 생각했던 기억이 났다. 어떻게 이런 일이 있을 수 있는지. 너무 혼란스러웠고… 여전히 혼란스럽다.

○ 10월 31일 화요일

　우울한 뉴스가 너무 많아서 머리가 터질 것 같은 날들이다. 그렇다고 우울해하고만 있을 수 없어서, 정기 구독 중이긴 하지만 마지막으로 펼쳐 본 게 언제인지 기억도 안 나는 시사 주간지 더미에서 지난 호, 지지난 호를 읽었다. 뉴스 헤드라인이나 트위터 타임라인으로 그냥 적당히 알던 뉴스를 조금 자세히 들여다보는 건 좋은 일 같다. 뉴스 헤드라인이나 트위터 타임라인을 아예 안 볼 게 아니라면.

2년 동안 이어졌던 〈일기-일기〉 연재도 이제 이번 달이 마지막이다. 일기를 공개한다는 게 부끄럽기도 했지만, 일기에 인용하기 위해 다른 사람들의 일기를 더욱 열심히 찾아 읽었고 그게 좋았다. 마지막으로 인용하려고 80년 전 오늘의 일기를 오래전부터 찾아 놓기도 했다. 제2차 세계대전에 참전했다가 독일군의 포로가 되어 수용소에 갇힌 이탈리아의 소설가 조반니노 과레스키의 일기다. 과레스키는 1943년 10월 31일의 일기를 이렇게 쓴다.

가난한 포로들에게 배정되는 러시아 군용 외투에는 대부분 가슴이나 등 쪽에 작은 헝겊으로 기운 자국이 있다. 작고 둥근 조각이 메운 그 구멍으로 총알이 들어오고 영혼이 빠져나갔을 것이다.

내 외투는 심장이 있는 바로 그 자리가 작은 헝겊으로 기워져 있다. 두꺼운 헝겊으로 아주 꼼꼼하게 바느질해 구멍을 막아 놓았지만, 그 사이로 꽁꽁 언 차가운 기운이 아주 조금씩 스며든다. 바람이 불지 않고, 희미한 햇살이 비치는 그런 날에도 말이다.

얼음으로 된 바늘로 기워서일까, 내 마음은 시리고 아프다.

그렇지만 마지막은 좀 더 희망차게 끝내고 싶고, 그래서 나는 책장 네 칸을 차지하고도 모자라 이중, 삼중으로 아무렇게나 쌓여 있는 타인의 일기를 뒤져 적당한 구절을 찾아낸다. 1922년 10월 10일 캐서린 맨스필드의 일기다.

나는 살고 싶기 때문에 내 손과 감정과 머리를 써서 일을 하고 싶다. 정원이 있는 조그만 집과 잔디와 동물과 책과 그림과 음악이 필요하다. 이런 환경에서 글을 쓰며 살고 싶다(나는 마부에 대한 글을 쓸 줄 모르지만 그것은 문제 되지 않는다). 그러나 재미있게 열중해서 사는, (생활에 뿌리를 박고) 배우려고 하며, 알려고 욕망하며, 느끼며, 생각하며, 행동하는 생활을 나는 원한다. 그것뿐이다. 이것이 내가 해야하는 것이다.

그로부터 3개월 후, 그녀는 지병인 폐결핵이 악화되어 요양원에서 세상을 떠난다. 결국 그렇게 된 것이다. 하지만 그녀는 병마가 시시각각 숨통을 죄어 오는 상황에서도 배우고 욕망하고 느끼고 행동하며 살고자 했고 그렇게 남은 시간을 살았다. 그 시간이 얼마였는지와는 아무 상관 없이. 우리는 우리에게 주어진 시간을 배우고 욕망하고 느끼고 행동하며 살아가야 한다. 그것이 내가 하고 싶은 말이다. 물론 해야 하는 일이기도 하고.

이 일기를 적으며 읽은 일기들의 목록

- 김환기, 『Whanki in New York: 김환기의 뉴욕일기』, (재)환기재단, 2019
- 김지승, 『짐승일기』 난다, 2022
- 조반니노 과레스키, 『비밀일기』 윤소영 옮김, 막내집게, 2010
- 캐서린 맨스필드 외 62인, 『일기』, 안상수·이혜정 옮김, 지식경영사, 2003

본문에 인용된 저작물 일부는 모두 허가를 받고 소정의 비용을 치르고자 했습니다. 다만 오래전 출판사가 폐업하여 연락할 길이 없거나 한국어 판권이 소멸된 책들은 미처 허락을 구하지 못했습니다. 대신 출처를 정확히 표기하였으니 연락할 방법이 있다면 제보해 주시기 바랍니다.

– 북트리거 편집부 (booktrigger@jihak.co.kr)

북트리거 일반 도서

북트리거 청소년 도서

매일 쓸 것, 뭐라도 쓸 것
마치 세상이 나를 좋아하기라도 하는 것처럼

1판 1쇄 발행일 2024년 4월 20일
1판 2쇄 발행일 2024년 6월 25일

지은이 금정연
펴낸이 권준구 | 펴낸곳 (주)지학사
편집장 김지영 | 편집 공승현 명준성 원동민 | 책임편집 양선화
표지 디자인 정은경디자인 | 본문 디자인 이혜리
마케팅 송성만 손정빈 윤술옥 | 제작 김현정 이진형 강석준 오지형
등록 2017년 2월 9일(제2017-000034호) | 주소 서울시 마포구 신촌로6길 5
전화 02.330.5265 | 팩스 02.3141.4488 | 이메일 booktrigger@naver.com
홈페이지 www.jihak.co.kr | 포스트 post.naver.com/booktrigger
페이스북 www.facebook.com/booktrigger | 인스타그램 @booktrigger

ISBN 979-11-93378-14-4 03810

북트리거
트리거(trigger)는 '방아쇠, 계기, 유인, 자극'을 뜻합니다.
북트리거는 나와 사물, 이웃과 세상을 바라보는 시선에 신선한 자극을 주는 책을 펴냅니다.